Buch:

Langsamer Walzer für Georgia Ann ist ein Buch mit einer ganz eigenen Geschichte. Lange bevor Robert James Waller mit *Die Brücken am Fluß* und *Die Liebenden von Cedar Bend* zum Erfolgsautor wurde, schrieb er bereits Erzählungen, in denen er die Gefühle für seine Heimat, den amerikanischen Mittelwesten, festhielt. Er veröffentlichte sie zunächst im *Des Moines Register* und staunte selbst am meisten über die Begeisterung der Leute, die mehr von seinen Geschichten lesen wollten. Im Lauf der Jahre entstanden so die hier gesammelten Stories, die Waller selbst als »Spiegel dessen, was ich damals war« bezeichnet. Voller Poesie und Zärtlichkeit erzählt er vom amerikanischen Alltag, von Countrysängern, Billardchampions, Handwerkern und Fischern rund um Rockford, Iowa. Es sind Geschichten wie wehmütige Songs – wundervolle Balladen, deren Zauber man sich nicht entziehen kann.

Autor:

Robert James Waller schreibt, fotografiert und komponiert seine eigenen Songs. Sein erster Roman *Die Brücken am Fluß*, der vielen als die schönste Liebesgeschichte unserer Zeit gilt, war weltweit ein sensationeller Erfolg. Auch sein zweites Buch *Die Liebenden von Cedar Bend* sprang in den USA sofort nach Erscheinen an die Spitze der Bestsellerlisten.
Robert James Waller lebt in Cedar Falls, Iowa, und hat viele Jahre Wirtschaftsmathematik an der Universität von Northern Iowa gelehrt.

Robert James Waller im Goldmann Verlag:

Die Brücken am Fluß. Roman (41498)
Die Liebenden von Cedar Bend.
Roman. Gebundene Ausgabe (30476)

ROBERT JAMES WALLER

Langsamer Walzer für Georgia Ann

Kurzgeschichten

Ins Deutsche übertragen
von Bernhard Schmid

Goldmann Verlag

Die Originalausgabe erschien 1994 unter dem Titel
»Old Songs in a New Café«
bei Warner Books, New York

Der Abdruck des Auszugs aus dem Gedicht
von Rainer Maria Rilke auf Seite 73
erfolgt mit freundlicher Genehmigung
des Insel Verlags, Frankfurt.

Umwelthinweis:
Alle bedruckten Materialien dieses Taschenbuches
sind chlorfrei und umweltschonend.

Der Goldmann Verlag
ist ein Unternehmen der Verlagsgruppe Bertelsmann

Deutsche Erstveröffentlichung 9/95
Copyright © 1994 by Robert James Waller
Copyright © der deutschsprachigen Ausgabe 1995
by Wilhelm Goldmann Verlag, München
Umschlaggestaltung: Design Team München
Satz: Uhl + Massopust, Aalen
Druck: Elsnerdruck, Berlin
Verlagsnummer: 43265
AB · Herstellung: Sebastian Strohmaier
Made in Germany
ISBN 3-442-43265-0

1 3 5 7 9 10 8 6 4 2

Für:
Georgia Ann, Rachael, Ruth, Robert Sr.
Gerald, Charlie, Sammy, Roadcat
Perry, Harriet, Stan, Allen
Und … Orange Band.

Inhalt

Vorwort

Mit dem Schreiben begann ich eines warmen grünen Vormittags im Sommer 1983. Bis dahin hatte ich nur wissenschaftliche Artikel verfaßt, dazu in meinen vierundzwanzig Jahren als Barmusiker eine erkleckliche Anzahl von Songs. Warum genau ich mich plötzlich entschloß, es mit der Schriftstellerei zu versuchen, könnte ich im Augenblick nicht so recht sagen – und ich vermute, daß mir der Grund seinerzeit keineswegs klarer gewesen ist. Genaugenommen bin ich bis vor kurzem noch nicht einmal auf den Gedanken gekommen, mir damit meinen Lebensunterhalt zu verdienen. Es sah mir, soweit ich mich erinnere, einfach nach einer interessanten Beschäftigung aus.

Und das war wohl auch letztlich Grund genug für mich; nach diesem Prinzip habe ich so ziemlich mein ganzes Leben gelebt.

So schrieb ich also vor mich hin, in der Regel am Wochenende, und veröffentlichte Jahr für Jahr einige Artikel und Stories im *Des Moines Register*. Leute schrieben mir oder riefen an, wie sehr ihnen meine Essays gefielen. Jim Gannon und Jim Flansburg vom *Register* ermutigten mich, weiterzuschreiben. In meiner damaligen Eigenschaft als Dekan einer Universität war mir etwas Beifall, egal von welcher Seite, nur zu willkommen.

Nach der Lektüre von »Langsamer Walzer für Georgia Ann« schlug mir Bill Silag, damals Lektor bei der Iowa State University Press, die Herausgabe einer Sammlung meiner Artikel aus dem *Register* vor. Auch das schien mir eine gute Sache, der Gedanke, meine Essays in einem Band versammelt zu sehen, freute mich ganz ungemein. Unter dem Titel *Just Beyond the Firelight* bildeten sie eine Art autobiographischen Abriß meiner ersten vierzig Jahre, und das schien mir bei weitem einfacher, als eines Tages möglicherweise eine Geschichte meines gewundenen Lebenswegs schreiben zu müssen – für potentielle Enkel, die das möglicherweise noch nicht einmal interessiert.

Es folgte schließlich eine zweite Sammlung mit dem Titel *One Good Road Is Enough*, so daß ich plötzlich zwei Bücher hatte, ohne je bewußt auch nur an eines gedacht zu haben.

So begann ich die Arbeit an einem dritten, das dann als *Iowa: Perspectives on Today and Tomorrow* erschien, ein eher langes, analytisches Werk über den merkwürdigen Staat, in dem ich aufgewachsen bin.

Nun kamen *Die Brücken am Fluß*. Bis heute wurden davon über viereinhalb Millionen Exemplare verkauft, das Buch hielt sich 76 Wochen in der Bestsellerliste der *New York Times*, davon 36 als

Nummer eins. Die *Brücken* haben mein Leben auf eine Art und Weise verändert, die für mich noch nicht so recht zu durchschauen ist. Jedenfalls freut es mich, daß Warner Books sich zu einer Neuausgabe meiner ersten Geschichten und Essays entschlossen hat. Ich denke, Sie werden feststellen, sie haben in etwa das Aroma der *Brücken.*

Würde ich die vorliegenden Artikel heute schreiben, ich würde sie anders angehen, womit ich mich aber weder für ihr Erscheinungsbild, noch für ihr spezielles Aroma entschuldigen will. Sie sind einfach ein Spiegel dessen, was ich seinerzeit war. Wir kommen, tun und gehen, und ich denke, ernster sollten wir uns schlicht nicht nehmen.

Sie werden meine Frau kennenlernen, meine Tochter und Roadcat, meinen alten Freund und Kollegen, einen Kameraden, wie man ihn sich nur wünschen kann. Ich nehme Sie mit zurück in die vierziger und fünfziger Jahre, in den heißen Staub der Ebenen rund um Rockford in Iowa. Ich fand dort, an einem ruhigen, unscheinbaren Ort zwischen zwei Flüssen, Helden von der richtigen Größe für mich. Sammy Patterson etwa, den Billardchamp, Kenny Govro, den Welsfischer, und Perry Burgess, den Brenngutstapler aus der Ziegelfabrik bei uns am Ort.

Wir begleiten eine Schar Kanadagänse, die über dem amerikanischen Mittelwesten mit einem Blizzard zu kämpfen hat, und überlegen uns schließlich bei einem Blick in den Käfig eines Burschen namens Orange Band, was es wohl für den letzten seiner Art heißen mag, nie wieder zu fliegen – während er auf seiner Stange vielleicht über die wahre Bedeutung der Größe Null sinniert.

Es gibt noch einiges mehr – so geht es etwa drunter und drüber bei der Aussetzung einiger Flußotter in Iowa; wir befassen uns mit der Kunst und Technik des Sprungwurfs aus der Weitdistanz; ich passiere gemächlich und mit einigen Gedanken dazu meinen Fünfzigsten; mein Vater sieht sich mit einem Angriff auf seine Ehre konfrontiert, und im Hinterland von Florida begegne ich einer außergewöhnlichen Frau.

Kurzum, Sie haben hier ein Buch vor sich über Leute, Tiere und Dinge, die mir am Herzen liegen. Es geht ums Erwachsenwerden und darum, zu zeigen was man so kann, um Liebe, Gewinnen und Verlieren und darum, bei alledem auch nicht einen Tag jünger zu werden. Es handelt von meinen Anfängen und davon, wo ich, als Mensch und Autor, zu einem bestimmten Zeitpunkt in meinem Leben stand, und nicht zuletzt wohl davon, wo es mit mir noch hingehen wird, etwas, was mir, wie es scheint, freilich immer erst hinterher aufgehen will. Wir kommen, wir tun und wir gehen, und gerade das Tun kann eine großartige Reise sein, wenn man nicht immer gleich in Panik gerät und wie ich an Zauberei, Phantasie und Magier an stillen ländlichen Flüssen glaubt.

Robert James Waller
Cedar Falls, Iowa
Januar 1994

Rachaels Zimmer,
Schicht für Schicht

Wie die verknitterte Armee einer exotischen Republik in Erwartung des Marschbefehls kauern sie auf der Terrasse, die braunen Müllsäcke, in Zweierreihen, eine hartgesottene kleine Karawane, so wie sie da in Sonne und Schatten ruhen, ohne sich um ihre Ladung zu kümmern – den Müll einer Kindheit und einiger Jahre darüber hinaus.

Kurz vor ihrem achtzehnten Geburtstag ist Rachael, unsere Tochter, nach Boston gezogen und hat uns mit ihrem Zimmer auch das Aufräumen darin überlassen.

Nachdem wir uns redliche Mühe gegeben haben, aus UPS eine familieneigene Umzugsfirma zu machen, versammeln wir uns eines schönen Sonntagmorgens in aller Frühe vor unserer Tür.

Neben den Koffern stapeln sich sechs Kartons, verklebt und verschnürt. In meiner Naivität klopfe ich an den obersten und frage: »Was ist denn mit denen hier?«

»Hab' ich gestern abend nicht mehr in die Koffer gebracht, könnt ihr mir ja noch nachschicken«, antwortet sie, während sie in ihrer Handtasche kramt. Aus reiner Gewohnheit mache ich mich an meine alte Leier über etwas mehr Planung, sehe aber die Vergeblichkeit und bin wieder still.

Sie hegt eine tiefe Zuneigung zu unseren Tieren und vermeidet es daher mit Absicht, das wissen wir, sich von ihnen zu verabschieden, vor allem von der kleinen Kätzin, die sie vor Jahren aus dem Ferienlager mitgebracht hat.

Die Katze hat ihr Bett geteilt, ist ihre Vertraute gewesen, begrüßte sie jeden Nachmittag, wenn sie von der Schule heimkam. Ihr Lebewohl zu sagen wäre einfach zuviel, würde unvermeidlich zu Tränen führen und das heitere Flair dieses großen Schritts zerstören, das sie sich so tapfer zu bewahren versucht.

Wir schauen zu, wie sie übers Vorfeld des Waterloo-Flughafens geht, ihr Ticket fest in der Hand; dann verschwindet sie in der komischen kleinen Maschine der Air Wisconsin.

Kurz vor dem Verlassen der Abflughalle hat sie sich noch einmal umgedreht und uns grinsend mit einem Peace-Zeichen bedacht. Bis dahin hatte ich mich noch ganz gut gehalten, aber diese letzte unbekümmerte Geste, die so typisch für sie ist, macht mir schlagartig die Schmerzlichkeit dieses Augenblicks bewußt, und mir kommen die Tränen.

Wir laufen nach draußen und stehen unter der heißen Sonne, um dem Flugzeug hinterherzublicken. Mir fällt auf, daß wir das noch nie gemacht haben, für niemanden.

Die Hände in den schweren Maschendrahtzaun

vor dem Flugplatz gekrallt, beobachte ich, wie die Maschine in westlicher Richtung abhebt, bevor sie einen letzten symbolischen Bogen über Cedar Falls beschreibt. Dann wendet sie sich nach Osten, und als sie in den für unser Iowa typischen Sommerdunst taucht, ist sie auch schon fort.

Zu Hause sitzen wir dann mit einem Bier in der Hand auf der Veranda, lauschen dem Fallen der Walnüsse, zählen uns unsere Fehlschläge auf, erinnern uns an unsere Triumphe.

Zum 500. Mal während der letzten achtzehn Jahre schildern wir uns den Abend ihrer Geburt in Bloomington, Indiana, wie sie aussah, in den Armen ihrer Mutter auf einem Rollbett auf dem Krankenhausflur. Unsere Gefühle damals, unsere Gefühle heute, was haben wir getan, was versäumt.

Wir lassen uns ein paar Tage Zeit, um uns an den Gedanken zu gewöhnen, wieder nur wir beide zu sein. Dann stupsen wir, zaghaft, die Tür ihres Zimmers auf.

Die Hunde spähen um unsere Beine herum in die Dunkelheit und blicken dann zu uns auf. Der Raum – nun ja -, er wogt uns entgegen: eine Kultstätte des fragwürdigen Geschmacks, eine Hymne auf die Auswüchse amerikanischen Konsumverhaltens. Die letzten Echos von Def Leppard und Twisted Sister hängen noch in der Luft. Georgia stößt einen Seufzer aus.

Ich schlage Flammenwerfer und Frontlader vor und warne die Aufräummannschaft, zu der mittlerweile auch zwei Katzen gehören, vor einem undefinierbaren Wesen in einer der Ecken. Ich höre es leise rascheln, knurren. Ich vermute einen zotteligen Hüter von Halbwüchsigenwerten, der in uns zu Recht den Feind gewittert hat.

Mit Müllsäcken bewehrt, arbeiten wir uns unerbittlich von der Tür aus ins Innere vor.

»Mein Gott, sieh dir nur all das Zeug an. Schmeißen wir doch einfach alles raus.«

Die ersten paar Stunden sind kein Problem. Halbleere Shampooflaschen wandern in die Säcke zusammen mit drei Dutzend Lockenwicklern, vier Dutzend eingetrockneten Kulis und unzähligen Bildern von halbnackten jungen Männern, die mit verzerrten Gesichtern abenteuerlich geformte Gitarren umklammern.

Bei weiterem Vordringen in den Raum hinein kommt schließlich Rettenswertes zum Vorschein: der Hammer, der vor Jahren verschwand; zirka sechs Dollar in Kleingeld; fünfzig Prozent der Handtuch- und Trinkglasvorräte in unserem Haus; fünf Sätze Schlüssel für den Toyota. Und mehr. Prima Zeug. Wir halten uns ran, daß es eine Art hat.

Während wir uns so Schicht um Schicht tiefer graben, machen wir eine Veränderung durch.

Nach und nach werden aus wüsten Grabräubern zwei behutsame Archäologen. Vielleicht fing es an, als wir eine Schicht mit Puppen und Plüschtieren erreichten. Vielleicht aber auch, als ich »Der Mann, der niemals abspülte« fand, eine Moralität von vielleicht einem Dutzend Seiten in ihrer kindlichen Schrift.

Wie auch immer, als wir schließlich auf das Sattelzeug und einen Huf von Bill, ihrem Pferd, stoßen, ist unsere Unnachgiebigkeit bereits in tränenselige Sentimentalität umgeschlagen.

Ich hatte darauf bestanden, Bill zu verkaufen, als er nach einer fünfjährigen Liebesaffäre ungeritten im Stall herumzustehen begann. Das hat sie hart getroffen, ich weiß. Wie hart jedoch verstehe ich erst, als Georgia eine Flasche Insektenschutzmittel gegen Pferdebremsen entdeckt, die sie zur Erinnerung aufbewahrt hat.

Wir halten Schätze hoch und rufen einander zu: »Guck mal, erinnerst du dich...?«

Und ach, Barbie. Und Barbies Kleider. Und Barbies Wohnmobil, in dem die Kätzin in ihrer Kindheit durchs Haus gezogen wurde, auch wenn sie, danke schön, lieber nicht verreist wäre.

Meine Tiraden gegen die Glorifizierung sexistischer Mittelschichtwerte, wie Barbie sie personifiziert, scheinen mir im nachhinein dumm und hohl, als ich mich mit einem diabolischen Blick nach der Katze umsehe, um festzustellen, ob sie wohl noch in das Wohnmobil paßt. »Miez, Miez, Miez...« Ken ist nirgendwo in Sicht. Trainiert wahrscheinlich an seiner Kraftmaschine. Wenn er nicht gerade Steueroasen studiert.

Ah, ja, das Schmetterlingsnetz, das beinahe für die Ausrottung des Leuchtkäfers in Iowa verantwortlich geworden wäre. »Ich weiß, daß Sie in der Flasche hübsch sind, Mäuschen, aber sie sterben, wenn du sie die ganze Nacht über drin läßt.«

Twister – Das Spiel, das Ihnen den Kopf verdreht. Der Baseballhandschuh. Sie machte sich gar nicht so schlecht auf dem ersten Mal. Und die Violine. Jim Welchs Schulorchester war mit das Schönste an ihrer Kindheit.

Sie lächelt uns vom Foto eines Schulballs entgegen, der Abend ihrer ersten richtigen Verabredung. Tausende von Steinen und Muscheln. Der kleine Webstuhl, auf dem sie Topflappen für die ganze Nachbarschaft hergestellt hat. Ganz dahin ist es mit meiner Entschlossenheit, als ich den Snoopy-Wimpel aus dem flatternden Rachen eines Müllsacks rette; ich lege ihn zur Seite, um ihn zu behalten.

Wir sind bei Schmuck und kleinen Andenken angelangt. Georgia übernimmt das Kommando, da sie meinem Blick für Werte mißtraut, und trennt die Spreu vom Weizen, während ich alte Algebraarbeiten durchgehe.

Ein Jahr lang saß ich Abend für Abend mit ihr am Küchentisch, ohne sie von der Schönheit von Potenzen und anderen Abstraktionen überzeugen zu können. Selbst »Wallers Vermutung«, laut der das Leben an sich eine Textaufgabe ist, zeitigte nur einen verständnislosen Blick.

Schließlich, in einem letzten hoffnungsvollen Versuch im Angesicht der dräuenden Niederlage, meinte ich frei nach Fran Lebowitz: »In der wirklichen Welt gibt es ohnehin keine Algebra.«

Sie nickte lächelnd und lachte sogar, als ich zugab, daß ich auf all meinen Reisen auch nicht ein einziges Mal nachrechnen mußte, wann Müller Mayer überholt, wenn Mayer drei Stunden vor Müller mit einem langsameren Zug losgefahren ist. Ich sagte ihr, ich würde in der Bahnhofswirtschaft bei einem guten Schluck auf Müllers schnelleren Zug warten.

Das bestätigte ihr, was sie bis dahin nur vermutet hatte: Kein Mensch braucht Algebra, um im Leben aus dem vollen zu schöpfen, nur schnelle Züge und einen guten Schluck. Und sie hatte natürlich recht.

Die Arbeit ist so gut wie getan. Bleibt nur noch das Archivieren.

Trotzdem beschleicht mich ein merkwürdiges Gefühl. Waren wir beim Aussortieren auch sorgfältig genug? Wahrscheinlich. Georgia ist in derlei Dingen sehr gründlich. Trotzdem gehe ich noch mal raus auf die Straße und schaue mir den Haufen an. Der Bodensatz eines Lebensquartals in drei Dutzend Säcken. Fast scheint es mir etwas wenig.

Als ich die Müllabfuhr höre, spähe ich aus einem Fenster im ersten Stock. Die Müllmänner sehen nicht zum erstenmal ein Leben am Straßenrand aufgereiht, die beeindruckt so etwas nicht. Die Preßplatte im Laster zermalmt Lockenwickler, Twister, billigen Schmuck, zerschlissene Plüschtiere und einen kleinen Teil meiner selbst.

Ein Anruf aus Boston. Sie hat einen Job. Als Verkäuferin in einem Laden, und es gefällt ihr. Wir freuen uns und sind stolz auf sie. Sie ist auf dem Weg.

Zwei Wochen vergehen. Briefe. »Ich lerne, mir mein Geld einzuteilen. Und hasse es. Ich wäre viel lieber reich.«

Sie beginnt ihre Suche nach dem Traum in einer Pension im Zentrum und findet einen portugiesischen Freund, Tommy, der in einer Band trommelt und sie chinesisch bekocht. Ella Fitzgerald gibt ein freies Konzert im Park. Der Streifenpolizist kennt sie, und der Laden, in dem sie arbeitet, ist voller Studenten, die sich im Bostoner Spätsommer wieder an der Uni einfinden. Hier im Krähwinkel ist es jetzt ruhiger.

Ihr Zimmer verwandelt sich in einen Arbeitsraum für mich. Ein Computer ersetzt Brennscheren und allen möglichen anderen Krimskrams auf ihrem Schreibtisch. Meine Nadelstreifenanzüge wirken eher trostlos in einem Schrank, in dem bisher rosa Netztops und Lederhosen gehangen haben.

Ordnung hat das Leben ersetzt. Ich sitze still hier und höre das Lachen, das Weinen, das Schrillen einer Million Anrufe. Die Ängste ihrer frühen Teenagerjahre hängen im Raum, treiben in einer kleinen Wolke unter der hohen Decke.

Und wissen Sie, was mir fehlt? Heimzukommen und sie zu hören: »Toller Aufzug, Bob! Hast die Hosenträger hoffentlich nicht vergessen?« Sie hatte die Gabe, für ein gewisses Surren zu sorgen, wie der Motor einer guten Kamera.

Diese wenigen Augenblicke respektloser Schikane Tag für Tag, sie fehlen mir am meisten.

Reue? Ein wenig. Ich wünschte, ich hätte öfter mit ihr die Wälder durchstreift. Ich wollte, ich wäre weniger oft aufgebraust und hätte mehr gelacht. Vielleicht hätten wir auch das Pferd noch ein Jahr länger behalten können.

Siege? Den einen oder anderen. Sie mag Musik und Tiere. Sie hat einen Sinn für den Zauber des Phantastischen und weiß ein romantisches Leben zu führen. Außerdem hat sie, wenigstens ansatzweise, das Zeug zu einer großartigen Blackjackgeberin. Ich habe sie damit auf den Weg geschickt anstatt mit Gepäck.

Sie hat ihre eigenen Pläne. Und das schon seit Jahren. Es sind nicht die meinen, nicht was ich mir für sie vorstellen würde, aber andererseits hat sie mehr Mut als ich. Sie ist jetzt auf sich gestellt da draußen, kocht auf einer Heizplatte in einer Bostoner Pension, beißt sich durch, arbeitet, entdeckt. Mein Respekt für sie schießt ins Unendliche. Sie wird ihren Weg machen.

Und ich für meinen Teil weiß, ich sitze dieses und so manches weitere Jahr im Herbst auf der Veranda, in einem alten Pulli, mit alten Träumen, und frage mich, was sie wohl im Augenblick macht und wie es ihr geht.

Ich hoffe, sie geht dahin, wo gelacht und geliebt wird, streift durch die Straßen von Bombay und lehnt sich in Paris aus dem Fenster, um eine Flokke Januarschnee zu erwischen; ich hoffe, sie schwimmt im Meer vor Bora-Bora, und verbringt eine Liebesnacht im Bangkoker Hotel Montiel.

Ich hoffe, sie spielt eine Nacht Blackjack im Barbary Coast und kann sich dann mit vollen Taschen den Sonnenaufgang über Las Vegas ansehen. Ich hoffe, sie fliegt mit großen Maschinen aus Afrika und Djakarta und spürt, wie es ist, kurz vor dem Winter wieder auf dem Heimweg zu sein.

Mach's gut, Rachael Elizabeth, meine Tochter. Und das in dem Wissen, daß deine Baseballhandschuhe an der Wand neben den meinen hängen und der Snoopy-Wimpel tapfer im Luftzug deines alten Zimmers weht, daß die Violine in Sicherheit ist und die kleine Katze jetzt nachts bei uns schläft, während sie tagsüber auf dem Geländer der Veranda sitzt und am späten Nachmittag nach dir die Straße langspäht.

[Erstveröffentlichung im *Des Moines Register*, 22. September 1985]

Langsamer Walzer
für Georgia Ann

Ich höre das Klatschen des Tons, den du spät nachts noch formst. Damit weiß ich, du bist in deinem Atelier, in Latzhose, einem alten Pullover und schweren Schuhen. Gleich beginnt deine Töpferscheibe sich im Takt einer leisen und fernen Musik zu drehen, und dann wachsen mühelos Teekannen, Lampen und Becher aus nichts weiter als feuchtem Lehm.

Draußen bewegt der Nachtwind die Bäume, und mir kommt eine Erinnerung an dich aus dem Ballsaal einer Collegestadt. Achtundzwanzig Jahre ist das jetzt her. Durch den Rauch und über mehrere Tische hinweg hatten wir es einander vom ersten Augenblick angetan. Ein Zauber lag über dem Abend. Unser ganz privates kleines Klischee. Etwas, woran der heutige Mensch nicht mehr glaubt.

Und Jahre später dann beobachte ich dich. Durchs erste Dämmerlicht des indischen Hochlands kommst du mit dem Gang einer Tänzerin auf mich zu. Dein Sari ist aus Seide und blau über deinen Sandalen, deine pendelnden Ohrgehänge lang und aus Gold. Köpfe über Körpern in weißen Korb-

23

stühlen auf der Veranda des West End Hotels drehen sich nach dir um. Von unseren Tagen unter der Sonne von Bangalore ist deine Haut noch dunkler als sonst, und die Leute stellen Vermutungen über dich an. Ein Inder fragt: »Ist sie Marokkanerin?« und ich antworte ihm: »Nein, sie stammt aus Iowa.«

Ich hole mir noch Bier aus dem Kühlschrank in der Hoffnung, du bleibst noch ein Weilchen in deinem Atelier. Ich möchte hier sitzen, allein, den gedämpften Geräuschen deiner arbeitenden Hände lauschen und dabei überlegen, was es heißt, fünfundzwanzig Jahre mit dir verheiratet zu sein. Einen Monat noch, dann ist es soweit.

Ich wuchs mit Träumen von Flüssen, Musik, alten Städten und dunkelhaarigen Frauen auf, die in Cafés an den Ufern der Seine alte Lieder sangen. Dich hat man erzogen, Gattin zu sein und schön, und wahrscheinlich wärst du auch mit einem konventionelleren Mann zufrieden gewesen, vielleicht sogar glücklicher als mit mir. Wenigstens hast du lange gebraucht, um dahinterzukommen, was ich mir vom Leben erwarte, und um meinen persönlichen Wettlauf zu verstehen, einen Wettlauf zwischen Neugier und Tod. Meine Art, von einer Leidenschaft in die nächste zu taumeln, hat dir alles andere als behagt, vom Basketball zur Musik, von der Akademie in die Denkfabrik, von Stadt zu Stadt, von der Einsamkeit meines Arbeitszimmers in die finsteren Bars, wo ich mit meinen Instrumenten zu Hause bin.

Schon früh wurde klar, daß du mit einem, der

über Morgenstrände tanzt und seinen Dämonen Zucker gibt, dein eigenes Leben brauchst, wenn unserer Ehe ein Erfolg beschieden sein soll. Es war ein hartes Ringen für dich. Es hat uns fast auseinandergebracht. Aber im Ton hast du schließlich etwas gefunden, etwas, was dir zuflüsterte: »Das bin ich.«

Und ich wußte, wir hatten gewonnen, als der Frau auf der Cocktailparty das »Oh, Sie müssen der Mann der Töpferin sein!« herausgeplatzt ist. Ich hätte schreien können vor Freude. Nicht für mich, nicht mal für uns, sondern für dich. Die Larve war gestorben, du warst geworden. Jetzt geben dir das Töpferhandwerk und das Geschäft damit die innere Ausgewogenheit deines Materials.

Liebe? Ich kann es nicht analysieren. Es ist aus einem Guß. Auseinandergenommen wird es zu etwas anderem, und die mövenhafte Melodie, die zu uns gehört, flattert davon. Aber selbst in schwierigen Zeiten, Zeiten, in denen wir Koffer von den Schränken rissen und einander wutschnaubend anfunkelten, war die Liebe dabei.

Mit Mögen ist das etwas anderes. Das läßt sich fassen. Ich denke, ich mag dich wegen des gutmütigen Verständnisses, das du dir so hart erarbeitet hast, auch wenn es manchmal eher einer unschlüssigen Duldung gleicht. Du verstehst, daß ich mit alten Möbeln und rostigen Autos leben muß, mit nur zwei Küchenschränken und rauhen Dielen, mit Staubsaugern, die nicht saugen, und Waschmaschinen, die nur dann ordentlich funktionieren, wenn man, genau im richtigen Winkel, den Ring einer Bierdose hinter den Programmschalter klemmt – damit immer etwas Geld da ist für den Fall, daß ich vom Dachboden schreie: »Komm mit nach Paris!«

Erinnerst du dich noch, ich habe noch studiert und wir hatten kaum einen Hunderter auf der Bank, da wollte ich unseren tattrigen alten Käfer gegen eine Gitarre eintauschen? Dein Gesicht bekam kleine Falten, du wurdest ernst und sagtest dann, ohne daß es nach Meckern klang: »Wie kommen wir dann zum Einkaufen?« Sonst nichts. Und ich war dir dankbar dafür.

Du duldest es, daß sich auf der einen Seite des Wohnzimmers meine Musiksachen stapeln, während mein Kanu mit der Campingausrüstung und den beiden Katzen die andere Seite braucht, sich über die ganze Breite erstreckt und unelegant zwischen die Verstärker, Mikrofonständer und alten Koffer voller Kabel und anderem notwendigen Plunder ragt. Ich arbeite an den Dollborden und murmele dabei etwas von Flußkarten, die ich nicht finden kann, vom Sauwetter und den Zauberern, die zu suchen ich ausziehen will. Beim Abendessen lächelst du mild und fragst: »Wie lang, meinst du, wird das Kanu noch im Wohnzimmer stehen?« Damit ist es gesagt. Ich werde es morgen hinausschaffen. Na, vielleicht auch am Tag darauf.

Du bist jetzt älter. Wenn ich genau hinschaue, sehe ich es. Aber das tue ich nicht. Ich habe dich immer durch einen Weichzeichner gesehen. Ich sehe dich an einem weiten verlassenen Winter-strand auf einer der Inseln unter dem Wind. In der Brise, die aus Venezuela herüberstreicht, bürstest du dein langes, frisch in Meerwasser gewaschenes Haar. Ich sehe dich in Khaki und Sandalen in ei-nem Hafencafé von Marigot, wo eine Inselband ganz passable Versionen amerikanischer Rock-and-Roll-Klassiker spielt. Chuck Berry und der alte Jerry Lee sind aus der Zeit vor unserer Ehe nicht wegzudenken, und wir grinsen über die Texte, die langsam in die Jahre kommen: »Long distance in-formation, give me Memphis, Tennessee...«

Ich spitze hinüber und sehe dich neben mir an Blackjacktischen der ganzen Welt. Hattest du in Ve-gas das lange goldene Kleid und den Fünfzig-dollar-Pelzmantel aus dem Secondhandladen an? Ich glaube. Ich weiß noch, daß wir die ganze Nacht durchgespielt haben. Trotz deines schlechten Ge-wissens darüber, etwas aus Pelz gekauft zu haben, warst du der perfekte Vamp der dreißiger Jahre, während ich in blauen Hosenträgern die Karten zählte.

Oder ich hebe den Blick vom Griffbrett meiner Jazzgitarre, ein klein wenig nur, um zu sehen, wie du den zweiten Refrain von »Gone with the Wind« spielst, den, wo du die kleinen Zweifingerläufe ein-baust, die ich so mag. Du sitzt über die Tasten ge-beugt, wiegst dich sacht in Weiß und Pink und trägst eine schwarze Brille. Ein 4. Juli in Chicago, die Sonne brennt herab, und Leute tanzen am Pool.

Und du liegst verschlafen im Bett und leuchtest

ganz zart im ersten Licht, wenn ich dir früh an einem klirrenden Wintermorgen den Kaffee bringe, während der Holzofen noch bullernd die Kälte der Nacht zu verdrängen versucht. Ich bin schon seit Stunden auf und lese und schreibe. Du bist ein Morgenmuffel, so daß an eine Unterhaltung noch nicht zu denken ist. Trotzdem bleibe ich unbeholfen stehen, nur um dich anzusehen und den warmen Duft deines Körpers zu riechen.

Mir ist, als wäre ich ein Leben lang auf dich zugelaufen. Ich habe mich in den Betten arabischer Wüstenstädte herumgeworfen im Verlangen nach dir. Ich habe im hintersten Asien von mitternächtlichen Balkonen gestarrt und dabei Dhaus, die älter waren als ich, in ihrem Drang nach der rauhen Küstensee an ihrer Vertäuung zerren gesehen. Ich habe dabei an dich gedacht, und du hast mir gefehlt.

Mir ist nicht wohl dabei, dich dreißig Flugstunden weit weg zu wissen. Das ist einfach zu weit. Dann, nach vielen Meilen und über einige Meere, durch tausend Flughäfen, bin ich wieder bei dir, verknittert und müde, und da stehst du mit einer Rose und einem kleinen Schild: »Willkommen daheim, Captain Cook. Willkommen daheim.« Während ich die Gold- und Silbergeschenke aus meinem ramponierten Koffer hole, lachen wir bis spät in die Nacht.

Ich habe den Jahren vertraut, und die Jahre gaben mir recht. Sie haben mich zu dir gebracht. Wir haben andere Leben sich verknüpfen und wieder

entwirren gesehen. Aber wir sind zusammenge-
blieben. Wenigstens für dieses Leben, in dieser
Zeit.

Und doch verfolgt mich der Gedanke, wir könnten uns nicht mehr wiedersehen, daß das hier
womöglich unser einziger Augenblick im großen
Strom der Dinge sein soll. Einmal, ich lag auf der
Erde und bekam meinen Sauerstoff durch einen
Schlauch, da habe ich hinter den düsteren Gesichtern der Sanitäter deine Tränen gesehen. Und ich
fühlte eine tiefe Traurigkeit, nicht aus Sorge um
mich, sondern aus Furcht davor, daß ich dich in
den wimmelnden Massen der kommenden Jahr-
hunderte übersehen könnte; dich zu verlieren,
nicht mein Leben, das machte mir angst.

Denn wir kamen auf verschiedenen Wegen hierher. Ich habe nicht das Gefühl, dir schon einmal
begegnet zu sein. Kein *déjà vu*. Ich glaube nicht,
daß du das warst, damals, ganz in Lavendel am
Strand, an der ich vorbeiritt im Jahr 1206 nach
Christi Geburt, oder daß du mit mir in den Grenz-
kriegen warst. Oder neben mir in den Gallatins,
vor hundert Jahren, im silbrig-grünen Gras über
einer Stadt in den Bergen. Ich sehe es an der natür-
lichen Ungezwungenheit, mit der du dich in schönen Kleidern bewegst, und deinen Lippen beim
Umgang mit den Kellnern der besseren Restaurants. Du bist den Weg über Schlösser und Kathe-
dralen gekommen, über Weltreiche und Eleganz.

Und falls du in den Gallatins warst, dann als
Frau eines wohlhabenden Rinderbarons mit einem

prächtigen Haus. Ich war einer der Spieler am
Tisch oder der Kerl aus den Bergen an der Bar oder
der Geiger in der Ecke, der sich zu einem langsamen Walzer in seinen Erinnerungen verlor. Der
Staub hinter deiner Kutsche war damals mehr wert
als mein Leben; er ertränkte mich in Sehnsucht
und verdarb mir die Träume, als du vorüberfuhrst.
Irgendwie jedoch haben wir uns gefunden, für dieses Leben, für diese Zeit. Du hast mich Zuneigung,
Weichheit und Intimität gelehrt. An mir lag es, dir
etwas über Musik beizubringen. Über Träume.
Und wie man den Geruch alter Städte genießt und
das Flüstern der Karten auf grünem Filz. Das habe
ich getan.

So kann ich denn unbesorgt sein, da ich weiß, du
hast gelernt und bist imstande, mich in einer anderen Zeit zu erkennen: in einer Spielerstadt, beim
Überqueren der Straße, in hohen braunen Stiefeln,
einen alten Geigenkasten über der Schulter, wenn
deine Kutsche mich im Staub stehenläßt. Und vielleicht lächelst du dann und nickst und erinnerst
dich im Aufflackern eines merkwürdigen Augenblicks an das Klatschen der Wellen im Januar an
der Hafenmauer von Marigot.

[Erstveröffentlichung im *Des Moines Register*,
27. Juli 1986]

Zwischenfall an der Sweet's Marsh

Über Flußotter gerate ich schon mal ins Schwärmen. Sie sehen nicht nur nett aus, sie gehören auch zu jenen Geschöpfen Gottes, die das Spielen wirklich ernst nehmen. Wären sie Menschen, sie würden vermutlich in Kalifornien wohnen, Porsches fahren und hätten auf die eine oder andere Weise mit der Unterhaltungsbranche zu tun.

So hüpfte mir sozusagen das Herz im Leib, als ich im *Des Moines Sunday Register* eine Ankündigung las, in der es hieß, daß man kommenden Mittwoch in der Sweet's Marsh, in der Nähe von Tripoli, zwanzig Flußotter aussetzen würde. Ich richtete meinen Wochenplan auf dieses Ereignis aus, packte schließlich ein Sandwich zu meinen Kameras und machte mich eines strahlenden Märzmorgens in aller Frühe auf den Weg.

Ich dachte mir, die Menschenmenge bei so einer Aussetzung dürfte sich in Grenzen halten – ein paar Leute vom Ministerium für natürliche Ressourcen mit den Tieren und ein halbes Dutzend angegrauter Naturburschen. Immerhin hatte ich Tage an den Flüssen Iowas zugebracht, ohne mehr zu sehen als die Profile derer, die in ihren Autos die Brücken passierten.

Als ich in die Zufahrt zur Sweet's Marsh einbog, sagte mir ein Mann im Tarnhemd, ich solle mal immer geradeaus fahren und dann den Anweisungen des Parkwarts folgen. Da ich stets auf Männer in Tarnhemden höre, fuhr ich weiter und parkte dann hinter acht anderen Wagen auf dem Randstreifen. Da kein Parkwart mit Anweisungen da war, machten wir es, wie es sich für einen aus Iowa so gehört: Man kommt eben selber klar.

Zu diesem Zeitpunkt verspürte ich ein erstes leichtes Zucken im Magen, und das hatte mitnichten mit dem Kaffee in meiner Thermosflasche zu tun. Es ist schlicht so, daß ich mich grundsätzlich nirgendwo blicken lasse, wo das Parken irgendwelcher Anweisungen bedarf, Folge eines Kindheitstraumas, das ich unseren Bezirkslandwirtschafts-Ausstellungen verdanke, wo der mit Tropenhelm und Stöckchen bewehrte Nachwuchs der Handelskammer für den Verkehr verantwortlich war. Seit damals verbinde ich Parkanweisungen mit Menschenaufläufen, Lärm und anderen Übergriffen auf meine sensible Natur.

Gegen neun Uhr hatten sich schätzungsweise sechzig Leute um die beiden kleinen Käfige versammelt, in denen einige der Otter zu besichtigen waren. Sie standen herum, kommentierten die arttypische Putzigkeit der kleinen Gesellen und hielten dabei mit ihren Ritsch-ratsch-klicks drauf, was das Zeug hielt.

»Na ja«, dachte ich mir, »ist doch gar nicht so schlimm.« Dann sah ich den Mann von der Highway Patrol. Ich gehe nämlich auch nirgendwo hin, wo man die Staatspolizei braucht. Nicht daß ich etwas gegen sie hätte, damit hier keine Mißverständnisse aufkommen. Meine Begegnungen mit ihr sind kühl, aber keineswegs unangenehm. Es ist nur so, daß die Anwesenheit eines »Smokey« nichts anderes bedeutet, als daß es womöglich eine größere Menschenmenge in Zaum zu halten gilt.

Ich stellte mich etwas abseits, schenkte mir Kaffee ein und ließ mir das alles durch den Kopf gehen. Inzwischen riegelten die Leute vom Ministerium die Südseite des sumpfigen Knies, wo man die Otter freilassen wollte, schon einmal mit Seilabsperrungen ab. Ich begann eins und eins zusammenzuzählen: Parkanweisungen plus Staatspolizei plus Seilabsperrungen macht – *oh-oh!*

Aber ich mag Otter nun mal und wollte sehen, wie man die kleinen Gesellen aus ihren Drahtkäfigen befreite und ins Wasser entließ. Also beschloß ich, die Sache durchzustehen. Aber als noch im selben Augenblick die gelben Schulbusse einzutreffen begannen, wußte ich, es war aus und vorbei.

Absolut niemals gehe ich irgendwohin, wo gelbe Schulbusse im Spiel sind. Nie. Es sei denn, man bezahlt mich dafür, und das nicht zu knapp. Aber die Busse kamen und entledigten sich ihrer Ladung. Laufend, springend, kreischend und mit pochenden Drüsen strömten die künftigen Wirtschaftskapitäne Amerikas zu den offenen Türen heraus.

Aber was sollte es. Besser als eine Stunde genossenschaftliche Organisationsformen (nur für Abschlußklassen, fakultativ), und das nach einem gefälligen Lehrbuch, das nur dazu dient, leidenschaftliche Kreativität bereits im Keim zu ersticken.

Die Schüler rannten los, um in die erste Reihe hinter der Seilabsperrung zu kommen. Ich lief auf die Nordseite der Bucht, weil ich mir dachte, der morastige Boden dort würde alles abschrecken, was in neuen Reeboks gekommen war. Ich hatte kein Glück. Bald gesellte sich ein weiterer Flußveteran zu mir und murmelte etwas von einem Reinfall.

Dann werkelte sich ein stämmiger Kerl durchs Unterholz, der wohl wenigstens eine vierzehntausender Linse an seiner Kleinbildkamera hatte. Und dessen noch nicht genug hatte er gleich noch einen Telekonverter dazwischen geschraubt, um die Brennweite noch mal zu verdoppeln. Er hatte kein Stativ dabei, sondern hielt die ganze Geschichte mit beiden Händen. Ich verlor ihn aus den Augen, aber selbst wenn er nicht im Morast versunken ist und das Monstrum in Augenhöhe bekommen haben sollte, ich brauche die Bilder erst gar nicht zu sehen, um zu sagen, wie sie aussehen – wie die Welt eben für einen aussieht, dem man gerade ein Montiereisen über den Scheitel gezogen hat.

Noch mehr gelbe Schulbusse. Natürlich alle von denselben Fahrern gesteuert. Vor einigen Jahren bin ich nach langen Überlegungen dahintergekommen, daß es auf der ganzen Welt nur zwölf

Schulbusfahrer gibt. Deshalb scheinen sie einem alle gleich auszusehen.

Ich steckte mir ein kleines Stück Land ab, stellte mein Stativ auf und bat die Neuntkläßler hinter mir, einander doch nicht ständig gegen den Ast zu stoßen, der mich jedesmal voll erwischte, wenn einer von ihnen dagegenfiel. Wieso eigentlich müssen Neuntkläßler einander ständig schubsen? Wieso verfrachten wir sie nicht alle nach North Dakota, bis sie sich ausgetobt haben?

Zu diesem Zeitpunkt war mir natürlich längst klar, weshalb der Smokey gekommen war. Er machte einen ebenso abgespannten wie zynischen Eindruck, Erbe zu vieler Bezirkslandwirtschafts-ausstellungen und Ottertermine. Ich schätzte die Menge auf vierhundert, aber noch immer rollten Autos und Busse heran. Um halb zehn, der Zeit-punkt, für den das Aussetzen der Otter angekündigt war, kletterte einer vom Ministerium mit einer hy-permodernen Flüstertüte auf einen Pickup Truck und bat die Menge um Aufmerksamkeit. Aufmerk-samkeit? Das meinte er doch wohl nicht ernst?

Dann machte er sich an einen Vortrag über Otter und deren Lebensraum und wie glücklich wir doch seien, Zuchttiere zu haben, die uns in Iowa eine le-bensfähige Otterpopulation bescheren könnten. Er versuchte darauf hinzuweisen, daß es hier einmal eine Menge Otter gegeben habe, deren Ausrottung auf das Konto der Umweltverschmutzung, der Ein-schränkung des Lebensraums und gelber Schul-busse ging.

Nur daß das mit seiner Rede nicht so recht klappte. Sie litt an denselben Problemen wie 98,73 Prozent aller anderen Reden auch: an einer schlechten Lautsprecheranlage und an ihrer Länge. Das hörte sich etwa so an: »Krchhhhzz... Otter (murmel-murmel) Otter... rchhhzz... Dank der... kkkrrrrrrrr.«

Irgendwie kam jedoch durch, daß es Jahrzehnte dauern würde, bevor die Otterpopulation wieder groß genug wäre, um sie wirtschaftlich nutzen zu können. Wenn ich das schon höre! Diese Schönfärberei, wann immer wir irgendwo ein paar putzige Tierchen abschlachten! Wir bringen sie um, verflucht noch mal. Wir schlachten sie ab, wie wir Rindvieh abschlachten. Wir fangen sie in Stahlkäfigen oder schießen sie über den Haufen. Wir reißen ihnen die Haut vom Leib und tragen sie als Pelz oder hängen uns ihren Kopf an die Wand. Was heißt hier wirtschaftlich nutzen, wir bringen sie um! Irgendwann werden wir wohl mal erwachsen und stellen uns dieser Realität.

Während er so vor sich hin leierte, begann die Menge unruhig zu werden. Fast war es leise zu hören – ein Sprechchor in den Köpfen der Leute, der jeden Augenblick herausplatzen konnte, wenn es noch lange so ging: »Wir wollen Otter sehen, wir wollen Otter sehen, wir wollen Otter sehen...« Der Staatspolizist richtete sich schon einmal zur vollen Größe auf; er spürte, daß hier etwas gemolken wurde, soweit das bei Ottern so ging.

Aber wer will es den Leuten vom Ministerium

für Natürliche Ressourcen verdenken? Herrgott, sie stehen die meiste Zeit im Hintergrund, schwitzen sich in der Augustsonne mit ihren Schlagnetzen ab und haben ständig mit glitschigem Kriechzeug zu tun. Zum Donnerwetter, da hatten sie schon mal Publikum, das war doch die Chance, ihre Botschaft, wie immer die aussah, unters Volk zu bekommen.

Während der Redner redete, zogen Kollegen schon mal einige der Käfige mit den quirligen Otter ans Ufer. Und natürlich umschwirrten sie die Fotografen der Medien aufgrund ihrer üblichen ungerechtfertigten Privilegien mit surrenden Apparaten und was auch immer und versperrten denen, die gekommen waren, um die Otter zu sehen, die Sicht. Und das für dreiunddreißig Sekunden in den Abendnachrichten, wie ich später feststellen konnte.

Breitbeinig und mit festem Stand, schützte ich meine Nikon vor den High-School-Jungs zu meiner Linken; die hatten nämlich ihr Lebtag noch keine Kamera gesehen und bestanden darauf, vor der Linse zu stehen. Mit denen freilich war noch zu reden.

Das eigentliche Problem war der Fünfjährige zu meiner Rechten, der entdeckt hatte, daß es spritzte, wenn man mit beiden Füßen in eine Pfütze sprang. Ich bat ihn, damit aufzuhören, und wies dabei auf die Tropfen auf meiner Kameraausrüstung. Er flüchtete sich hinter das Hosenbein seines Vaters einige Meter von mir entfernt.

Der Redner rief etwas zur Einteilung der Schulbusse, die die Menge nach dem Ereignis mitnehmen sollten. Ich persönlich war ja der Meinung, die Leute vom Ministerium sollten uns eines ihrer großen Schlagnetze überwerfen und den ganzen Haufen zurück nach Tripoli ziehen. Diese Vorstellung gefiel mir, und ich ließ meine Gedanken etwas dabei verweilen.

Gleich ist es soweit, dachte ich. Sicher sein konnte ich nicht, da die Herren Pressefotografen praktisch auf den Käfigen hockten, die man nun endlich näher ans Wasser zog. Aber hie und da erhaschte ich doch ein Stück braunes Fell in der Vormittagssonne, das sich in Richtung der stillen Wasser der Sweet's Marsh zu bewegen schien.

Ich kauerte hinter meinem Stativ und konzentrierte mich darauf, die Nikon scharfzustellen, und – *wuschhh!* Der Fünfjährige, den ich drei Minuten zuvor weggeschickt hatte, war wieder da. Er hatte entdeckt, daß das Wasser noch viel besser und weiter spritzte, wenn man mit einem Stock hinein schlug. Ich richtete mich auf, klopfte gegen das kurze Jagdmesser, das im Freien zu meiner Standardausrüstung gehört, und sagte mit tiefer Stimme: »Schlammteufel, stirb jung!«

Ich wischte die Kamera ab, während das Kind wieder in Richtung seines Vaters verschwand. Achtung, es geht los. Einer der Käfige wurde geöffnet, und drei Otter watschelten auf das Wasser zu. Dann brach die Hölle los.

Die Otter schwammen ein Stück, liefen am Ufer

entlang und balgten sich im Gras in der Sonne. Weiteren Ottern wurde der Weg zum Wasser gewiesen, und die wußten auch gleich, was man damit machte. Der Mann mit der Flüstertüte rief etwas davon, daß die vorderen mal nach hinten sollten, damit auch andere etwas sahen, aber kein Mensch beachtete ihn. Im Gegenteil, sie rutschten unter dem Seil durch und stürzten auf die Ufer der Sweet's Marsh zu.

Das Programm kam gerade erst richtig in Fahrt, aber ich packte meine Ausrüstung ein und ging zum Wagen zurück. Ich werde in einigen Monaten, an einem kalten, verregneten Tag im Herbst wiederkommen. So lange wird es meiner Ansicht nach nämlich dauern, bis sie die Neuntkläßler wieder in den Käfigen haben und die gelben Schulbusse beladen und wieder in Tripoli sind.

Und die Moral von der Geschichte? Erstens: Ich bin froh, daß es in Iowa wieder Flußotter gibt, und die Leute, die dafür verantwortlich sind, verdienen unendliches Lob. Ich meine das ernst. Allein durch das Wissen, daß es die Otter da draußen noch einmal versuchen dürfen, fühle ich mich bereichert.

Zweitens: Kandidierte ich für ein politisches Amt, ich würde mit meinen Wahlkampfspenden sämtliche Flußotter aufkaufen und Ort und Zeit ihrer Aussetzung mit großem Tamtam unter die Leute bringen. Dann würde ich mir eine Lautsprecheranlage besorgen, die auch tatsächlich funktioniert, und jedermann sagen, wie sehr ich Flußotter mag; ich würde versprechen, daß sie nie und nimmermehr gejagt werden, vor allem nicht ihre Babys. Darüber hinaus würde ich versprechen, die Zahl der jetzt existierenden zwölf Schulbusfahrer durch die Einstellung weiterer zu vergrößern und als Zeugnis für die Redefreiheit an der Sweet's Marsh sämtliche Lehrbücher über genossenschaftliche Organisationsformen zu verbrennen. Zum Präsidenten der Galaxie würde man mich wählen.

Und schließlich bin ich, in Anbetracht des Spaßes, den wir bei der Otteraussetzung an der Sweet's Marsh hatten, im Augenblick dabei, meine früheren Empfehlungen zu überdenken, was den Ausbau des Fremdenverkehrs in Iowa anbelangt.

[Erstveröffentlichung im *Des Moines Register*, 27. April 1988]

Lobgesang auf Roadcat

Ich hatte mal einen Freund, der hieß Roadcat. Er war jung, als ich jung war, und alt, als ich in die mittleren Jahre kam. Unsere Leben überlappten sich eine Weile, und ich bin dankbar dafür.

Genaugenommen war er mehr als ein Freund. Freund und Kollege trifft es vielleicht besser. Und ich habe ihn Fremden bisweilen tatsächlich als Forscherkollegen vorgestellt. Wir haben miteinander gearbeitet, an kalten, grauen Nachmittagen Traktate und Bücher gewälzt, während der Holzofen sich leise knackend durch einen unserer Winter in Iowa bullerte.

Manchmal lag er auf meinem Schoß und diente mir als ebenso runde wie ehrliche Buchstütze. Schnurrend blätterte er gelegentlich für mich um, nach dem Zufallsprinzip und mit einem untrüglichen Sinn für die Vorzüge beschaulicher Forschung. Im Frühjahr, wenn die Tage sich zu erwärmen begannen, zog er auf den Schreibtisch um, wo er sich ein Plätzchen schuf, indem er Papier, Stifte, Hefter und anderes Schreibgerät über Bord gehen ließ.

Er kam aus dem hohen Gras einer Wiese hinter unserem Haus in Columbus, Ohio. Vielleicht gerade mal eine Spanne lang, spazierte er den Betonweg einer jener gefälligen Parzellen herauf, bei denen einem das kalte Grausen kommt.

Eines der Nachbarskinder malträtierte ihn. Er wehrte sich, wie jeder von uns das tun würde, und die Mutter des Kindes schrie etwas von tollwütigen Katzen. Meine Frau bemerkte, daß der Bengel noch was ganz anderes verdient hätte, und brachte das Kätzchen, wie es so Brauch bei uns ist, auf einen Teller Milch mit ins Haus.

Ich setzte es auf meinen Schoß und sagte: »Das wird einmal ein hübscher Kerl.« Aber wir waren damals ständig am Umziehen und hatten darüber hinaus unserer Tochter bereits eines der Babys aus einem Wurf in unserer Straße versprochen. Also schickten wir den Wanderer nach Speis und Trank wieder auf seinen Weg.

Ich setzte mich über meine Zeitung, und als ich den Kopf hob, sah ich, daß er auf der anderen Seite des Hauses, vor der Fliegentür zur Terrasse, aufgetaucht war. Er sah zu mir herein, und ich sah zu ihm hinaus. Er hatte einen schlimmen Husten und versuchte zu wimmern, brachte aber trotz aller Bemühungen nichts heraus. Ich hob ihn auf, untersuchte ihn mit dem bescheidenen Sachverstand, den ich all den Jahren mit Tieren verdankte, und sagte, ich würde mit ihm zum Tierarzt gehen.

Die Untersuchung dauerte eine ganze Weile. Er hatte Würmer, Ohrmilben, Flöhe und eine schlimme Bronchitis. Ich fragte den Veterinär: »Ist das ein Streuner?« Der Arzt lächelte. »Und ein waschechter obendrein.«

Wir fuhren zusammen nach Hause, er und ich, und natürlich hatten wir eine braune Papiertüte mit viererlei Mitteln dabei. Ohne zu murren, saß er auf dem Sitz, ein Winzling, und behielt mich, das strahlende Gesicht voller Hoffnung, im Auge. Der Kindergarten hatte seine Pforten geöffnet. Roadcat zog bei uns ein.

An diesem Punkt, noch bevor ich weitererzähle, muß ich kurz auf das Thema Sentimentalität zu sprechen kommen. Rücke ich dem hier nicht sofort und gründlich zu Leibe, tun Sie mir, was jetzt kommt, womöglich als distanzlose Rührseligkeit ab.

Der Mensch stuft mit der ihm eigenen Arroganz alles Leben in eine Rangordnung ein – als wäre irgendeine platte Dreierhierarchie alles Existierenden mehr als ein bloßer Kunstgriff des Intellekts, eine unverrückbare Tatsache. Selbstverständlich steht Gott dabei unter diversen Namen ganz oben. Etwas darunter, wenn auch nur ein kleines Stückchen, sieht sich der Mensch. Und unter ihm kommt erst einmal ganz lange nichts, und schließlich, ganz tief unten, in einem einzigen unüberschaubaren Morast, folgt der Rest: Hier finden wir Pflanzen und Tiere. Vielleicht sogar Flüsse und Berge.

Na schön, gehen wir einmal davon aus, daß eine transzendierende Macht über uns umherstreift. Einige von uns nennen sie Gott, andere Wissenschaft. Wieder andere von uns sehen darin einen Entwurf von solcher Perfektion, einen so ungeheuren Strudel aus Wahrheit, Schönheit, Gerechtigkeit und Balance, daß man von kosmischer Ökologie sprechen möchte.

Bleiben immer noch wir und der Rest. Und versucht man sich hier an Abstufungen, tut man besser daran, einige Kriterien bei der Hand zu haben, einen Maßstab für das Urteil, das man da fällt. Das Problem dabei ist natürlich, daß wir Menschen uns die Kriterien, nach denen wir diese Abstufung vornehmen, selbst zurechtlegen. Was natürlich nichts anderes ist, als den Bock zum Gärtner zu machen, die Katze zum Hüter des Sittichs oder uns Menschen zu Richtern der Schönheit. Suchen Sie sich was aus.

Ich lese hin und wieder die Philosophen. Sie haben Kriterien wie etwa Bewußtsein oder die Fähigkeit, Werkzeuge einzusetzen, wenn es um die Entscheidung geht, wer und was in ihre diversen Kategorien gehört. Aus dem eben genannten Grund freilich traue ich ihrem Urteil nicht über den Weg. Ich ziehe es vor, von Kulturen zu sprechen, die, nun ja, schlicht und ergreifend anders sind – anders, aber parallel und gleichwertig.

Auch verschwende ich nicht gerade viel Zeit auf die Entwicklung brauchbarer Bewertungssysteme. Diese Art von Sortierung besorgen andere durchaus kompetent. Es ist nur so, daß Systeme früher oder später immer wie Hierarchien aussehen und das Ganze für meinen Geschmack irgendwann zu sehr in Schubladen kommt.

So begnüge ich mich lieber mit parallelen Kulturen. Und ich komme damit ausgezeichnet zurecht. Bären und Schmetterlinge, Bäume und Flüsse. Ich versuche lieber mit als über ihnen zu leben. Unsere Welt ist so geschaffen, einem das so schwer wie möglich zu machen, aber ich versuche es jedenfalls.

Jene unter Ihnen, die das anders sehen, weil sie »besser als« sind oder sich »auf einer höheren Ebene als« ansiedeln, kann ich nur bedauern. Tut mir leid, so offen zu sein, aber ich weiß, Ihr Blick geht nur in eine Richtung, und zwar nach unten. Auf diese Weise versäumen Sie einige herrliche Aussichten und zuletzt den Schauer des Staunens, der einen beim Blick über all die Kulturen überläuft, die nebeneinander auf Eddingtons großartigem Zeitpfeil reisen.

Und so war das auch mit meinem Freund Roadcat. Miteinander auf dem Zeitpfeil, durchlebten wir die Tage und markierten die Seiten. Wir grinsten einander an, sonnige Nachmittage auf der Veranda lang, und wenn er, kurz vor Sonnenuntergang, in meiner Armbeuge lag, legten wir zusammen die Köpfe zurück und starrten konzentriert in die Lichter des Alls. Ein Paar grüne Augen. Ein Paar blaue. Dachten über uns nach und die da draußen, die unsere Blicke erwiderten.

Wir hielten das zwölf Jahre und den einen oder anderen Monat lang so. Und fanden zu einer tiefen

Zuneigung zueinander. Er sah klar, wie auch ich schließlich, daß in unser beider Blicke nichts von Macht und Ausbeutung war. Wir fanden zu einem Vertrauensverhältnis, und das war alles, was er sich in seiner Weisheit und Eleganz erbat.

Ich habe dieses Vertrauen nur ein einziges Mal mißbraucht. Ich muß mir die Zeit nehmen, Ihnen davon zu erzählen, denn das Ereignis enthält eine bittere Lektion.

Roadcat vereinigte auf sich sämtliche klassischen Definitionen von Schönheit und gutem Geschmack. Das lange weiche Fell auf Rücken und Seiten war vorwiegend schwarz und grau. Das Kinn war gebrochen weiß, der Hals verlief in ein weiches Gelbbraun, das sich dann über Brust und Bauch zog. Die Streifen waren von perfekter Symmetrie, und die Welt betrachtete er durch grüne Augen, deren Größe nicht weniger enorm war als ihre Farbe. Sein Gesicht war ausdrucksvoll, seine Gestalt vollkommen.

Unter solchen Voraussetzungen ist es vielleicht verständlich, daß wir in die Falle tappten, ihn als Objekt zu sehen. Als der Verein der Katzenfreunde vom Ort einen Wettbewerb ankündigte, bei der nur Tiere mit »Heimtierqualitäten«, wie man es nannte, zugelassen sein sollten, konnten wir nicht widerstehen.

Also steckten wir Roadcat in einen Drahtkäfig und schleppten ihn auf die Ausstellung, die im Rahmen der Festivitäten um eine Viehzüchtertagung in Waterloo stattfand. Zusammen mit Scha-

fen, Pferden, Rindern und Schweinen kämen so
auch die Katzen mit Heimtierqualitäten zu ihrem
Tag im Rampenlicht. Roadcat war entsetzt und ge-
riet mächtig ins Schnaufen, als ich ihn durch die
Menge trug, an Riesenrad, Jahrmarktschreiern
und Willie Nelsons Tourbus vorbei.

Roadcats Welt war der Wald, ein warmer Platz
unter dem Ofen und im Sommer ein Liegestuhl. Er
war zufrieden mit sich und brauchte keine öffent-
liche Anerkennung zum Beweis für seinen Wert.
Sein Kollege dagegen brauchte das offensichtlich.
Meine Frau, meine Tochter und ich trugen blaue T-
Shirts, die wir eigens für diesen Anlaß gemacht
hatten: »Roadcat« hieß es in großen fetten Lettern
auf unserer Brust.

Ich beobachtete ihn genau in der großen Halle,
in der die Prämierung stattfinden sollte. Er war unruhig in seinem Käfig. Schließlich legte er sich einfach hin und starrte mich offen an – direkt in die
Augen. Ich sah, daß er enttäuscht war von mir, und
ich schämte mich, unseren gegenseitigen Respekt
so skrupellos mit Füßen getreten zu haben. Seit
frühester Jugend ärgert mich die Anhimmelung
des menschlichen Körpers in Form von Schön-
heitswettbewerben, und nun stand ich da und
setzte meinen eigenen Freund derartigem aus.

Roadcat weigerte sich, Objekt zu sein. Normalerweise unter Fremden beherrscht, ja reserviert,
krallte er sich auf dem Tisch der Juroren in die Pa-
pierunterlage seines Käfigs, versuchte sich durch
den Metalldeckel seines Behältnisses zu stemmen

und, als ihn eine Preisrichterin auf den Tisch stellte, damit er für alle zu sehen war, warf er sich schlicht auf den Rücken und versuchte die wohlmeinende Dame, die seinen Wert messen sollte, zu kratzen.

Mit einemmal brach unter den diversen Juroren und Assistenten eine gewisse Verwirrung aus. Man steckte über Roadcat die Köpfe zusammen, um sich zu beraten, und ich trat vor, um zu sehen, was los war. Einer der Hilfspreisrichter hatte Protest eingelegt mit der Begründung, Roadcat sei eine Rassekatze und gehöre somit nicht in einen Wettbewerb für Katzen mit Heimtierqualitäten. Man konsultierte die Oberrichterin, deren Urteil folgendermaßen ausfiel: Roadcat sei das Urbild der Maine-Coon-Katze, einer Rasse, die sich durch die wahllose Paarung eingereister europäischer Hauskatzen mit den Wildkatzen der Neuen Welt herausgebildet hat.

Auf amerikanischen Katzenausstellungen des ausgehenden 19. Jahrhunderts habe die Maine-Coon als die Perle aller Rassen gegolten. Die Chefrichterin erklärte, hätten wir das Jahr 1900, Roadcat wäre das perfekte Exemplar gewesen.

Aber Menschen sind nun mal nicht zufrieden mit der Natur, und so hatte man der Maine-Coon-Katze aus Gründen, die weder mir noch Roadcat so recht einleuchten wollten, im Lauf der Jahrzehnte längere Nasen gezüchtet. Somit war Roadcat in gewissem Sinne ein leicht aus der Mode gekommenes Relikt und durfte mitmachen.

In puncto Erscheinung schlug er groß ein. Die Richterin sagte; »Er hat ein wunderbares Fell, ein hübsches Gesicht und die größten und schönsten grünen Augen, die ich jemals gesehen habe.« Aber so wie er herumrutschte und, sich zur Wehr setzend, nach jeder menschlichen Halsschlagader in seiner Reichweite schlug, gab es natürlich Abzüge in Sachen Persönlichkeit. Kurzum, er bekam ein Band für den vierten Platz. Die grünen Augen leuchteten vor boshafter Genugtuung, als die Richterin sagte: »Ich wette, zu Hause ist er nicht so, oder?«

Zurück durch die Mittelstraße, am Riesenrad und an Willie Nelsons Tourbus vorbei und durch die Wälder nach Hause. Sein bemerkenswertes Erbe interessierte ihn nicht die Bohne, er schlief sich den Schrecken von der Seele und wollte eine ganze Weile nichts zu tun haben mit uns. Erst allmählich akzeptierte er meine Entschuldigungen, und wir wurden wieder warm miteinander. Aber er ließ mich hart arbeiten an der Restauration unseres alten Vertrauens – wie an einem herrlichen Möbel.

Meist jedoch machte Roadcat gute Miene zu den kleinen Albernheiten, die uns zu ihm einfielen. Aßen wir abends italienisch, wurde er vorübergehend zu *Roadicotta*. Wenn meine Frau Georgia vierteljährlich zu Hause ihre Töpferwaren zum Verkauf ausstellte, bezauberte er die Kundschaft, indem er sich einen großen Topf suchte, aus dem heraus sich das Tohuwabohu beobachten ließ. Bei diesen Gelegenheiten wurde er der »Krämer«. Er war unser »Chefinspizient« für alles Neue in Haus und Garten, einschließlich von Musikinstrumenten, Kanus und Heizkesseln. In seinen späteren Jahren nannten wir ihn »unseren Tattergreis« oder einfach »den Großen«. Meist jedoch lief er unter Roadie.

Sogar daß ich ihm unsinnigerweise Lieder vorsang, passend zu den Dosen, die ich ihm Morgen für Morgen aussuchte, überging er mit Toleranz. Meeresfrüchte? Schon stimmte ich in der Tonlage des elektrischen Dosenöffners eine Strophe aus einem alten Walfängerlied an. Country Style für Katzen gefällig? Das brachte ihm »San Antonio Rose« in B-Dur, während ich ihm die elegante Menüvariante mit einer Prise Cole Porter vorsetzte.

Das Unterholz und die Waldpfade rings um unser Haus waren Roadcats Revier. Er war ein Jäger, wenn auch kein Killer. Hin und wieder starb eine der kleineren Kreaturen vor Schreck oder durch die Wucht seines Sprungs, aber nie habe ich ihn absichtlich etwas töten gesehen. Noch nicht mal das Nachtgetier, das er mir nach einem schweren Regen ins Haus brachte. Er warf es auf eine kleine Brücke, drehte es auf den Rücken, um es am Weglaufen zu hindern, und schien zufrieden mit sich.

Das Eichhörnchen im Sommer 1986 jedenfalls war quicklebendig, als Roadie durch das Haus spaziert kam und es fallen ließ. Der kleine Kerl fetzte schon los, noch bevor er auf dem Teppich gelandet war, sauste durch einen Stapel alter Zeitschriften und verschwand in der Gegend um den Kamin.

Da ich mir dachte, das Eichhörnchen würde uns wohl kaum die Haare vom Kopf fressen, war ich bereit, es bei uns wohnen zu lassen. Der Rest der Familie freilich hielt mich wie immer für nicht ganz bei Verstand. Und so stöberten wir den armen Kerl nach viertägigem Möbelrücken schließlich und endlich auf. Unser Rüde machte ihn nach einer jener wilden Szenen, zu denen es ausschließlich in unserem Haus im Wald zu kommen schien, dingfest. Roadcat verfolgte die Schlacht mit distanziertem Interesse. So hatte er denn seine späte Rache für die Demütigung bei der Katzenshow.

Er war umsichtig und von sanfter Natur. Unsere Hunde fand er unelegant bis zur Verachtung, mochte aber das kleine Kätzchen, das einige Jahre nachdem er zu unserem verrückten Haushalt gestoßen war, kam. Er lächelte tolerant, wenn es zum Kuscheln kam, und putzte ihm jahrelang zärtlich mit seiner unermüdlichen rosa Zunge das Fell.

Alles, was Roadcat verlangte, war Rücksicht und Respekt. Er aß, was ihm vorgesetzt wurde, und rührte unser Essen nicht an – es sei denn, ich ließ das Glas Milch, das ich mir zu Mittag gönne, mal unbeaufsichtigt auf dem Tisch. Dem konnte er nicht widerstehen. Ich brauchte mich bloß umzudrehen, schon sah ich ihn neben dem Glas sitzen und seine milchbedeckte Pfote ablecken.

Das war aber auch seine einzige Sünde, und mein Kompromiß in dieser Angelegenheit bestand darin, ihm – in einem alten Marmeladenglas mit Fred Feuerstein drauf – gelegentlich seinen eigenen Schluck zu geben. Ich nehme an, Fred erinnerte ihn an alte Zeiten, noch bevor der Mensch die Technik des Tötens zu einer ebenso hohen wie albernen Kunst entwickelte und Roadcats säbelbezahnte Vettern keinen Zweifel an der Gleichheit von Mensch und Tier ließen. Beim Gedanken an diese köstlichen Zeiten schmeckte ihm die Milch gleich noch mal so gut, jedenfalls ließ er sich Zeit und summte sich dabei Lieder von Wäldern, Bergen und unendlichen Wiesen vor, deren Grün unter dem Licht einer jüngeren Sonne gelb zu werden begann.

Die frühe Bronchitis hatte ihn eines Gutteils seiner Stimme beraubt. Wenn er sich Aufmerksamkeit wünschte, legte er sich also auf den Drucker meines Computers, während ich tippte, und suchte von da aus unter lautem Schnurren meinen Blick zu erhaschen. Gelang ihm das nicht, konnten seine Taktiken rasch eskalieren: Er sprang in den Karton mit dem Endlospapier und riß es aus dem Gerät.War ich weiterhin so unsensibel, seine Bedürfnisse zu ignorieren, raste er durchs Haus, über meinen Schreibtisch, das Balkongeländer entlang und landete schließlich auf meinem Schoß. Das klappte so gut wie immer.

Ich sah zu, wie er hier und da etwas grau zu werden begann, unterdrückte aber meine melancholischen Gedanken über das Unvermeidliche. Roadcat bewahrte sich eine Jugend des Geistes und raste an einem frischen Frühlingsmorgen selbst im fortgeschrittenen Alter noch zehn Meter hohe Bäume hinauf, wenn ihm danach war. Als wir freilich während der letzten Monate seines Lebens zusammen über Barbara Tuchman saßen, spürte ich eine Veränderung, während er sich durch die Seiten schnurrte. Ich nahm dann die Augen von den Zeilen, lächelte ihn an und strich ihm sanft über den Kopf, was er unweigerlich mit einem etwas intensiveren Schnurren quittierte.

Ende September 1987 bemerkte ich ein leichtes Zögern in seinem Sprung auf den Kellertisch, wo ich ihm sein Essen in sicherer Entfernung vom knurrenden Hunger der Hunde servierte. Hätte ich seinem Frühstück nicht Hunderte von Malen beigewohnt, ich hätte es gar nicht bemerkt. Aber ich sah es – ein ganz leichtes, kaum merkliches Zögern, als müsse er sich zusammennehmen für einen, wie es schien, völlig problemlosen Sprung.

Gleichzeitig schien er mir etwas weniger zu essen, als normal für ihn war. Gewöhnlich vertilgte er etwa ein Drittel der Dose beim ersten Gang. Dann war das Kätzchen an der Reihe, das dem Alter den Vorrang ließ. Später kam Roadcat noch mal vorbei und aß, falls noch etwas übrig war, auf.

Aber dieser Rhythmus änderte sich. Selbst am Abend war noch etwas in der Schüssel. Und manchmal aß er noch nicht mal, nachdem ich ihm sein Fressen aus der Dose gelöffelt hatte. Er wurde etwas schmal im Gesicht, und sein Fell verlor ein wenig vom alten Glanz.

Ich wollte ihn schon beim Tierarzt anmelden, als er eines Tages nicht zu seinem frühmorgendlichen Ausflug erschien. Er hatte sich nämlich angewöhnt, sich im ersten Tageslicht neben mein Kissen zu legen und darauf zu warten, daß ich ihn hinausließ. Das war ihm zur eisernen Routine geworden, und an dem Morgen, an dem er sie durchbrach, hatte ich ein ungutes Zucken im Bauch.

Ich durchsuchte das Haus und fand ihn auf einem Sessel in dem nach hinten hinaus gelegenen Gästezimmer im ersten Stock. Ich kniete neben ihm nieder, sprach leise mit ihm und strich ihm übers Fell. Er schnurrte leise, aber irgendwas stimmte da nicht.

Während ich darauf wartete, daß der Tierarzt die Praxis aufmachte, dachte ich an den vorangegangenen Abend zurück. Roadcat war merkwürdig unruhig gewesen. Er kam auf meinen Schoß, verdrückte sich wieder, dann begann das Ganze von vorn. Das tat er fünfmal, und ich bemerkte noch meiner Frau gegenüber, das sei ein Rekord. Zuletzt stieg er mir auf die Brust und rieb die Backe gegen die meine. Obwohl er immer schon angenehm zärtlich gewesen war, fiel die Geste doch leicht aus dem Rahmen: Er versuchte mir zu sagen, daß etwas nicht stimmte, daß es so gut wie aus war mit ihm.

Die erste Diagnose war ein Nierenleiden, was bei älteren Katzen nichts Ungewöhnliches ist. Einige Tage später brachten wir ihn wieder heim. Er war furchtbar schwach und konnte kaum laufen.

Ich legte ihn auf einen Wollponcho, und er rührte sich die ganze Nacht nicht vom Fleck.

Am Morgen trug ich ihn zu seinem Katzenklo im Keller und setzte ihn daneben ab. Er schien desorientiert und strauchelte. Wie ich bemerkte, war sein rechtes Bein ganz schlaff, und als er sich setzte, zog er es unter sich ein.

Also wieder zum Arzt. Eine Röntgenuntersuchung ergab einen großen Tumor in der Herzgegend, der in der Nacht zuvor zu einem Schlaganfall geführt hatte; der wiederum hatte eine rechtsseitige Lähmung und Blindheit bewirkt. Wayne Endres ist ein freundlicher, geduldiger Mann, aber ich sah, daß er an der Grenze seiner technischen Möglichkeiten arbeitete.

Tags darauf, es war ein Mittwoch, erstattete Wayne telefonisch Bericht. Wäre es nur ein Schlaganfall gewesen, wären wir noch darüber hinweggekommen, obwohl auch Katzen so etwas nicht einfach wegstecken können. Aber der Tumor war groß und wuchs weiter, da war kaum etwas zu machen. Natürlich lag es an mir. Aber Waynes leiser Stimme war seine Verzweiflung anzuhören, als er sagte, daß es Roadcat »ganz und gar nicht gut« gehe. Er weigerte sich, mir Hoffnung zu machen. Es gab keine, und Wayne Endres ist eine ehrliche Haut.

Hier, an diesem Punkt, beginnt es zu donnern, und Kulturen, die normalerweise parallel zu einander leben, beginnen sich zu überschneiden – Verwirrung entsteht. Roadie und ich sprachen eine gemeinsame Sprache, deren Inhalte – Vertrauen, Respekt und Liebe – sich in Berührungen und intimem Gemurmel zu äußern pflegten. Aber die Sprache der Zuneigung ist, ganz wie es sich gehört, unpräzise und für harte und tiefgreifende Entscheidungen schlicht nicht gemacht.

Ich hatte nicht genügend Alternativen, um das Problem zu umgehen, und nicht eine einzige, die auch nur die leiseste Besserung versprach. Und wie sollte ich das leise Pulsieren der Regeln verstehen, nach denen Roadcats genetischer Code seine Entscheidungen fällte? Nach allem was ich wußte, konnte er dem meinen womöglich sogar überlegen sein – war es wahrscheinlich auch, aber was wußte ich schon.

Ich weiß, wie ich unter so gräßlichen Umständen behandelt werden möchte. Aber welches Recht hatte ich, davon auszugehen, daß eine so alte Kultur wie die Roadcats nach denselben Werten leben könnte wie ich? Wie sollte ich mir ein Urteil anmaßen, wenn die Maßstäbe nicht die meinen waren? Beigebracht hatte man sie mir nicht.

Sicher scheint mir freilich, daß Vorstellungen wie Würde und Leid allem Lebendigen gemein sein dürften, seien es Flüsse oder Schmetterlinge oder die, die einem lachend die Hand halten, wenn man sich mit ihnen ins Herbstgras legt. Ich nahm mich also zusammen, so gut es ging, und fuhr langsam durch einen rotgelben Sonnenuntergang auf Wayne Endres' Klinik zu.

Jemand definierte Sentimentalität einmal als zuviel Gefühl für ein zu kleines Ereignis. Aber Ereignisse sind selten klein, wenn es um Kulturen geht. Und sie sind nie klein, wenn es um wahre Gefährten geht.

Mein Freund und Kollege vieler Jahre und vieler zarter Augenblicke lag auf einem Tisch, ein stoffartiges Papier unter sich. Ich setzte mich. Das Geräusch und mein Geruch ließ ihn den Kopf heben, er spitzte die Ohren, kräuselte die Nase. Obwohl der Raum hell erleuchtet war, schickte sein Gehirn eine Nachricht aus, laut der es finster war, und die Pupillen seiner grünen Augen weiteten sich in ihrem Bemühen um Licht.

Er hatte die Hälfte seines Gewichts verloren. Ich berührte ihn am Hals und hörte ein leises Geräusch. Er versuchte zu schnurren, aber der Schleim in seinem Hals ließ es nicht zu. Trotzdem zog er die Nase kraus und versuchte mir all die alten Signale zukommen zu lassen, von denen er wußte, ich kannte sie.

Ich nickte Wayne zu und legte mein Gesicht neben das meines Freundes, versuchte ihm irgendwie die Qualen zu vermitteln, die ich für ihn und mich litt, weil ich nicht wußte, was richtig war und was falsch, und weil ich so gar nicht wissen konnte, was er sich unter diesen Umständen vorstellte. Leise redete ich auf ihn ein, versuchte verzweifelt hinüberzulangen, die Grenzen zwischen mir und seiner Nation zu überwinden, flehte um eine Zustimmung oder Vergebung. Als alle linearen Versuche fehlschlugen, griff ich zurück auf die alte Sprache von Wald und Steppe, um ihm ein und allemal meine Dankbarkeit dafür zu versichern, einfach dagewesen zu sein.

Und so fragte ich mich mit S. H. Hay: »Wie konnte dieser kleine Körper so Ungeheuerliches wie den Tod in sich tragen?«

Schließlich ließ er den Kopf sinken, und es war geschehen. Georgia und ich trugen ihn in einer Decke nach Hause und begruben ihn im Wald neben einem der Pfade, wo er sich sein Leben verdiente.

Noch Tage danach schwor ich mir, so etwas nie wieder durchmachen zu wollen. Würde es je wieder zu einer Euthanasie kommen, ich würde mich weigern, dabei zu sein. Ich habe seither meine Meinung geändert. Soviel schuldet man guten Gefährten, die so wenig verlangt und einem über lange Zeit treu zur Seite gestanden haben.

Roadcat lebte nicht einfach bei uns. Er hatte regen Anteil an allen Angelegenheiten in unserem Haus. Er war nett zu uns, wir waren nett zu ihm. Ich erinnere mich noch, wie er mir auf dem Waldpfad entgegenschritt, wenn ich abends nach Hause kam, grinsend, in seinem steifbeinigen Trab, den Schwanz mit einem kleinen Kringel am Ende in die Höhe gestreckt. Ich ging in die Hocke, und wir unterhielten uns einen Augenblick, während er sich auf den Rücken rollte und mir einen zwinkernden Blick zuwarf.

Georgia und ich verstauten die Schaufel und gingen dann in der Dunkelheit noch einmal zurück, um vor dem kleinen Grab zu stehen. Zum Abschied sagte sie: »Er war schon ein prima Kerl.« Unfähig, etwas zu sagen, nickte ich nur und dachte, sie hatte damit alles gesagt. Er war wirklich ein prima Kerl. Und ein treuer Freund und Kollege, der eine Zeitlang zusammen mit mir auf dem großen Pfeil gereist ist und mir beim Umblättern eines alten Buches half, während sich der Ofen leise durch die Winternachmittage von Iowa knackte.

[Erstveröffentlichung im *Des Moines Register*, 14. Februar 1988]

Romantik

Herr Präsident
Werte Gäste auf dem Podium
Anwärter auf den akademischen Grad
Werte Kollegen
Eltern
Meine Damen und Herren

Es mutet mich mehr als nur etwas merkwürdig an, heute hier vor Ihnen zu stehen. In diesem Gebäude, ja, in diesem Raum, bekam ich 1962 den Bakkalaureus der philosophischen Fakultät verliehen. Ich hatte jedoch bereits vor diesem Ereignis, in meiner ruchlos vergeudeten Jugend, eine ganz und gar unchristliche Zahl von Stunden hier zugebracht. Sie müssen wissen, ich habe Basketball für die Lehrerbildungsanstalt, wie es damals noch hieß, der Staatlichen Universität gespielt. Drei Jahre lang bin ich in diesem Raum in kurzen Hosen herumgerast, dribbelnd und werfend. Noch heute höre ich die Stimme meines längst verstorbenen Vaters, der am Spielfeldrand saß, dort drüben, und uns anfeuerte, wenn wir gegen North oder South

Dakota antraten. Er kam dazu eigens von Rockford heruntergefahren, an kalten Winterabenden, um seine Stimme denen der 4000 Studenten hinzuzufügen, die diese Halle jedesmal füllten, wenn wir laufend und springend von Saison zu Saison spielten.

Mein Vater war zeitlebens der Ansicht, daß Bücher einen glücklicher machten als Basketbälle. Er hatte recht. Aber das ist eine andere Geschichte.

Was ich sagen will: Dieser Ort ist für mich voll Erinnerungen, und Erinnerungen spielen eine wichtige Rolle bei dem, worüber ich heute hier sprechen will. Als Dekan der Wirtschaftswissenschaftlichen Fakultät bin ich überzeugt, daß sich eine ganze Reihe von Ihnen hier in der Erwartung einiger heißer Tips für Mikrocomputeraktien oder neueste Informationen über Geldmarktschwankungen hier eingefunden hat. Ich muß Sie enttäuschen. Ebensowenig möchte ich Sie (a) darüber belehren, wie gebildet Sie sind, noch (b) welche wunderbaren Gelegenheiten Sie erwarten oder (c) über die Wichtigkeit, da draußen für große und dauerhafte Veränderungen zu sorgen.

Das, worüber ich sprechen möchte, ist etwas anders gelagert, es ist etwas, das alles Leben und Tun, mit dem loszulegen Sie kaum noch erwarten können, erst der Mühe wert macht. Mehr noch, es macht Leben und Tun besser – besser im Sinne von Qualität als auch Quantität. Ich möchte mit ihnen über Romantik sprechen.

Ich habe »Romantik« in mehreren Wörterbüchern nachgeschlagen. Wie vermutet ist die Lektüre einer Definition von Romantik das Unromantischste, was man sich denken kann. Aus diesem Grund möchte ich auf eine Definition, wenigstens auf eine direkte, verzichten. Vielmehr sollen Sie sich ein Gefühl dafür, was Romantik ist, aus dem ableiten, was ich darüber zu sagen habe.

Ich bin Musiker und schreibe meine eigenen Lieder. Eines davon, ich habe es »Nachmittag auf der Hochebene« genannt, beginnt so:

Ich sehe dich jetzt, wie du damals warst,
an einem Nachmittag auf der Hochebene.
(Erinnerst du dich nicht mehr an die Blumen,
erinnerst du dich nicht mehr an den Wind?)
Nackt hast du im Staub des Spätherbstes getanzt,
während aus dem kobaltfarbenen Horizont
die Drohung eines strengen Winters sprach.
(Erinnerst du dich nicht mehr an die, die
    frei waren?
Wir haben sie aus unserem Leben vertrieben.)

Wenn ich das Lied singe, möchte man meinen, es handle von einer Frau. Nur scheinbar. Es ist auch ein Lied über die Idee der Romantik, die erst vor uns und dann aus unserem Leben tanzt, wenn wir sie nicht richtig behandeln. Romantik, müssen Sie wissen, ist etwas, was gepflegt werden will – Romantik braucht Speis und Trank, braucht Zuwendung auf eine ganz eigene Art. Man kann sie zerstören oder zumindest vertreiben, und das beinahe ohne daß man es merkt. Lassen Sie mich Ihnen ein Beispiel geben.

Vor einiger Zeit war eine Dozentin hier an der Universität dabei, ihren Doktor zu machen. Für ihre Dissertation interviewte sie Ehepaare zum Thema – Sie haben es erraten – die Ehe. Als sie Georgia Ann und mich mitzumachen bat, überlegten wir uns das und lehnten dann höflich ab. Sehen Sie, wir sind nun an die zweiundzwanzig Jahre verheiratet und haben uns in unserer Ehe ein hohes Maß an Feuer bewahrt, hätten also wahrscheinlich durchaus etwas Nützliches zum Thema zu sagen. Warum wir uns dennoch dagegen entschlossen? Weil wir uns darin einig sind, daß es Dinge gibt, die ein Zuviel an Analyse ihrer Romantik beraubt. Dazu gehört auch unsere Beziehung.

Romantik ist ein Irrlicht, das immer ein Stückchen jenseits des Feuerscheins tanzt – in Ihrem Augenwinkel. Sie scheut den direkten Blick; sie flieht, wenn der Datensammler das kalte Licht der Logik auf sie zu richten versucht. Bestehen Sie dennoch darauf, sie zu studieren, zerfällt sie Ihnen zuerst und rinnt Ihnen dann durch die Finger.

E. B. White sagte einmal ähnliches über den Humor, der »zwar viviseziert werden kann wie ein Frosch, nur daß das Ding dabei stirbt und man schon ein eingefleischter Wissenschaftler sein muß, um sich von den Innereien nicht abschrecken zu lassen«. Mit dem altbewährten Reduktionismus unserer westlichen Hemisphäre ist der Romantik also nicht beizukommen.

Ich spreche hier wohlgemerkt von Romantik nicht nur im Sinne der Liebe zwischen zwei Menschen. Eine wirklich romantische Beziehung ist nämlich schlecht möglich, wenn man nicht zuallererst einmal selbst Romantiker ist. Die meisten meiner Bekannten sind nicht sehr romantisch. Sie waren es mal oder hatten die Chance dazu, aber irgendwie kam ihnen die Romantik abhanden, ertrank im ohrenbetäubenden Trubel unserer Zeit, wurde ihnen von überanalytischen Lehrern ausgetrieben oder von denen verjagt, die Romantiker als spinnerte Schwächlinge verspotten. In diesen Leuten hat die Romantik sich umgesehen und sich gesagt: »Hier bleibe ich nicht, ist es mir zu kalt.«

Wie sehen Romantiker aus? Nun, das läßt sich nicht verallgemeinern. Abgesehen davon beginge man mit dem Zusammenstellen einer Liste von Charakteristika die Sünde, die Romantik in ihre Bestandteile zu zerlegen, und davor habe ich ja bereits gewarnt.

Am einfachsten erkennt man den Romantiker, indem man sich in seiner Gesellschaft aufhält. Sie erkennen ihn schon. Er vermittelt einem das Gefühl von Leidenschaft, das Gefühl, manchmal emotionell eine Ecke mehr zu riskieren; er fühlt sich zu scheinbar albernen Gegenständen hingezogen: einem Stuhl, auf dem er als Student und die ersten Jahre seiner Laufbahn gesessen hat, einem Messer, das seit Jahren auf seinem Schreibtisch liegt, einer schlichten Holzschatulle. Sie erkennen einen

Romantiker an seiner Stimme: Sie tanzt, weil seine Gedanken tanzen.

Und eines kann ich Ihnen mit Sicherheit sagen: Romantiker mögen Hunde und Katzen und vielleicht auch noch die eine oder andere Kreatur, vorzugsweise Tiere, die um eines kleinen Happens willen von der Straße hereinkommen und sich dann zum Bleiben entscheiden, um an den Verrücktheiten dieses Orts der Nahrung und des Lachens teilzuhaben. Tiere mögen Romantiker, da sie wissen, sie lassen sie niemals im Stich.

Es ist wichtig, hier anzumerken, daß man nicht Dichter, Maler oder Musiker sein muß, um Romantiker zu sein. Ja, genaugenommen kenne ich gerade unter diesen Leuten eine ganze Reihe ganz und gar unromantischer Zeitgenossen. Auf der anderen Seite war Andrew Carnegie Romantiker. Und Joseph Smith, als er die Mormonen in den Westen führte. Und ich habe in den Bars, in denen ich gespielt habe, mehr als nur einen Versicherungsvertreter äußerlich und innerlich grinsen gesehen, als ich ein Lied über den Wind, die Blumen und Straßen anstimmte, die nirgendwo enden.

Robert Pirsig formuliert das sehr treffend in seinem *Zen oder die Kunst, ein Motorrad zu warten:* »Buddha... fühlt sich in den Schaltkreisen eines Computers oder im Getriebe eines Motorrads nicht weniger zu Hause als auf dem Gipfel eines Berges oder im Kelch einer Blüte. Anders zu denken hieße, Buddha herabzuwürdigen – und damit sich selbst.«

In gewisser Hinsicht ist Romantik etwas durchaus Praktisches. Sie ist der Brennstoff Ihres Lebens und verleiht Ihrer Arbeit Weitblick, Hoffnung und Hingabe. Indem Sie für andere und nicht nur für sich selbst arbeiten, bekommt Ihre Arbeit eine Qualität, über die sie sonst nicht verfügt. Ich nehme an, man kann sagen, Romantik ist das Salz in der Suppe, obwohl ich noch im selben Augenblick, in dem mir diese Worte über die Lippen kommen, eine Art Aderlaß verspüre, weil die Romantik bereits die Koffer packt.

Lassen Sie mich jetzt etwas darüber sagen, wie man zu Romantik kommt und wie man sie behält. Sie ist schwer zu bekommen, schwer zu erhalten und ziemlich leicht zu vertreiben. Falls Sie sie jedoch unbedingt loswerden wollen, so habe ich einige kleine Tips für Sie:

Werden Sie Ordentlichkeitsfanatiker, vor allem was die Ordnung auf Ihrem Schreibtisch angeht.

Verlegen Sie zu Hause teure langflorige Teppiche, so daß die Hölle los ist, wenn Ihr Hund mal etwas hochwürgt oder einem Freund das Bier vom Tisch kippt.

Hören Sie auf keinen Fall gute Musik. Ignorieren Sie Bach, Mozart, Pete Seger und The Paul Winter Consort. Hören Sie statt dessen nur die Top 40. Das ist eine erstklassige Methode, die Romantik aus Ihrem Leben zu vertreiben, da sie Zwischentöne und weniger Dezibel bevorzugt.

Übermäßige Pingeligkeit in Sachen Detail und Prozedur auf Kosten von Visionen, Träumen und

Reflexion sind ein weiteres Patentrezept, seine romantische Ader zu exorzieren. Eine Methode, die gerade wir Akademiker gut gemeistert haben.

Kaufen Sie Geburtstagskarten, Jubiläumskarten und dergleichen, statt sich Ihre eigenen zu machen. Wir sind alle Dichter, nur daß der eine oder andere vorübergehend die Stimme verloren hat. Wie Ray Bradbury einmal über die Menschen im allgemeinen gesagt hat: »Und sie alle waren, wenn ihnen warm ums Herz wurde, Poeten.«

Die sicherste Methode schließlich, die Romantik für immer loszuwerden, besteht darin, etwas nur um des Geldes willen zu tun, obwohl sich jede Faser Ihres Körpers dagegen spreizt.

Hier nun, ohne besondere Reihenfolge, einige Vorschläge, wie man sich sein romantisches Naturell erhält (oder wie man es wiedergewinnt, falls es sich irgendwann verabschiedet hat):

Lesen Sie jeden Tag etwas Lyrik. Versuchen Sie es für den Anfang mit etwas Yeats, dann etwas Kipling (zusammen mit einigen seiner Geschichten). Ich weiß, Kipling muß heutzutage schrecklich unmodern sein, aber den Romantiker kümmern Moden nun einmal nicht.

Planen Sie Ihren Tag neu und machen sich dann an die Lektüre. Versuchen Sie folgendes: Anstatt sich im Bett hin- und herzuwerfen, stehen Sie früh auf – vielleicht um vier an einem Sonntagmorgen im Winter, wenn ein klassischer »Iowa-Heuler« von den Dakotas herüberpfeift. Ein patentes Mittel.

Außerdem haben Sie das heimliche Vergnügen, sich ziemlich sicher sein zu können, der einzige in der westlichen Hemisphäre zu sein, der in diesem Augenblick Kipling liest.

Hier eine andere Idee. Bauen Sie sich irgendwann in Ihrem Leben Ihr eigenes Haus oder wenigstens die persönlichsten Räume davon. Entwerfen Sie es selbst, und das mit reiflicher Überlegung. Sie werden eine endlose romantische Freude daran haben, durch Türen zu gehen, die Sie wohlbedacht und mit eigenen Händen dort eingesetzt haben.

Sammeln Sie Kleinigkeiten – etwa das alte Messer auf Ihrem Schreibtisch oder das kleine Holzkästchen, in dem Sie als Kind Ihre Schätze gehortet haben. Zu einem Zeitpunkt in meinem Leben, an dem mich die Last meiner administrativen Aufgaben aufzufressen drohte und mir das am Gesicht abzulesen war, schenkte mir einer der Kollegen aus der Fakultät eine kleine Flöte mit einem Zettel daran, auf dem stand: »Laß dir deine Muße nicht nehmen.« Ich bewahre sie so auf, daß ich sie sehe.

Spielen Sie ein Instrument. Etwas, was Sie herausholen können, wenn Ihnen an einem jener frühen Sonntagmorgen mal nicht nach Lesen sein sollte. Sagen Sie mir jetzt nicht, Sie seien unmusikalisch, und sagen Sie mir um Himmels willen nicht, Sie hätten kein Gehör. Davon möchte ich, wenn Sie mir den Kalauer verzeihen, schlicht und ergreifend nichts hören. Und wenn Sie mit gar nichts zurechtkommen –, oder selbst wenn Sie mit allem zurechtkommen, kaufen Sie sich eine Appalachen-Zither. Der entlocken Sie vom ersten Augenblick an und ohne theoretische Kenntnisse warme, exotische Klänge. Versuchen Sie, dabei alte chinesische Lyrik zu lesen. Das wirkt Wunder.

Ungemein gut tut Ihrem romantischen Naturell das Reisen. Aber daß Sie mir nicht einfach verreisen – reisen Sie. Sie brauchen dazu folgendes: Notizbücher, einen kleinen Kompaß, einen Taschenatlas der Welt und ein Fernglas, mit dem sich aus dem Flugzeug, über die Dächer von Paris oder englische Landstraßen entlangschauen läßt. Aber lassen Sie mich hier eine Warnung einflechten: Sollten Sie mit Ihrem Chef oder Ihrer Chefin verreisen, die weniger romantisch veranlagt sind, seien Sie lieber vorsichtig. Vielleicht ist es besser, Sie lassen sich nicht mit Kompaß und Fernglas im Flugzeug sehen. Falls Sie freilich ein wahrer Romantiker sind, spielt auch das keine große Rolle, denn dann machen Sie, was immer Sie machen, gut, und Ihr Chef wird schlimmstenfalls den Kopf schütteln und sich murmelnd darüber beklagen, womit man sich heutzutage so abfinden müsse, um Qualitätsarbeit zu bekommen.

Führen Sie ordentlich Tagebuch über Ihr Leben und über Ihre Reisen. Das ist mit das Wichtigste überhaupt. Ich ziehe immenses Vergnügen daraus, meine Abenteuer auf den alten Märkten Saudi-Arabiens nachzulesen, wo ich um das Gold und Silber gefeilscht habe, mit dem ich nach Hause kam;

meine wilde nächtliche Taxifahrt durch die Straßen von Riad mit einem Beduinen am Steuer, der auf seinem Kassettenrecorder arabische Musik laufen hatte und mir einen Schnellkurs in seiner Sprache zu geben versuchte, während ich ihm, den Finger auf einer Schachtel auf seinem Armaturenbrett, gerade mal »Kleenex« beibringen konnte.

Ich finde es schön zu wissen, daß ich am Morgen des 7. Juni 1981 um fünf vor acht in Richmond, Virginia, war, im Januar 1982 im Schnee von Paris und einmal im Frühjahr in der Montego Bay auf Jamaika.

Einer der betörendsten Einträge in meinen Tagebüchern lautet: »12 Uhr 24. Zu Hause in Iowa (3 Uhr 24) schlafen Georgia und Rachael, und ich bin über Ägypten.« Ich weiß noch, als ich das schrieb, fühlte ich mich weit weg, und das irgendwie mehr als nur in Meilen.

Meine Sekretärin läßt mich in Ruhe, wenn ich bei einer besonders unangenehmen Arbeit hinterherhinke und ein kalter grauer Novemberregen gegen die Scheiben im zweiten Stock von Seerley Hall klatscht. Ich stehe da, die Hände in den Taschen, starre aus dem Fenster und tröste mich mit dem Wissen, daß in diesem Augenblick irgendwo große Flugzeuge Kurs auf Bombay, Bangkok, Brisbane oder Barcelona nehmen und die Romantik auf ihren Tragflächen mittanzt.

Aber Romantik ist nicht nur ans Weg-von-zu-Hause gebunden; sie sitzt Ihnen auch auf der Schulter, wenn Sie sich wieder heimwärts wenden, die Notizbücher gefüllt, die Koffer voll schmutziger Wäsche; in ein paar Tagen ist Weihnachten, auf dem Londoner Flughafen Heathrow ist die Hölle los, sämtliche Flüge sind überbucht. Aber dann sitzen Sie in Ihrer Maschine, London verschwindet unter Ihnen, Irland taucht auf, wieder einmal holen Sie Ihr Notizbuch heraus und schreiben hinein: »Gott, alles, was ich jetzt möchte, ist Georgia und Rachael sehen, die Hunde, Roadcat, und eine Riesenportion von Georgias weltberühmten Spaghetti vertilgen.«

Zu guter Letzt: Es erfordert einige Arbeit Ihrerseits, nie zu vergessen, daß Sie immer und überall von Romantik umgeben sind. Sie ist nicht irgendwo anders. Hier zwei Beispiele.

Vor einiger Zeit hatte ich auf der Hawaiinsel Oahu zu tun. Vor meiner Abreise hörte ich von allen Seiten, wie vulgär und schundig Oahu und insbesondere Honolulu geworden seien. Und auf den ersten Blick sieht es ja nun wirklich ganz danach aus. »Aber«, so sagte ich mir, »auch hier muß es noch irgendwo Romantik geben.« Zuerst konnte ich sie nicht sehen. Don Ho stand mit einer Piña Colada herum und versperrte mir die Sicht. Aber dann fiel mir etwas ins Auge – und da war sie, die Romantik, direkt hinter ihm, und winkte mir hüpfend zu. Also stand ich noch vor Sonnenaufgang auf und ging an den Strand, rollte die Jeans hoch, watete ins Wasser, stand, von Wellen umspült, im Grau der Stunde vor Sonnenaufgang, spielte auf meiner Flöte und dachte dabei, wie es hier ausgesehen haben mußte, als Captain Cook, die Segel von den Passatwinden gebläht, zum erstenmal um Diamond Head gekommen war. Es waren noch einige andere Leute am Strand, aber sie beachteten mich nicht; sie waren aus den gleichen Gründen da. Als ich aufbrechen wollte, hörte ich von weit, weit her Beifall. Ich drehte mich um: Es war die Romantik. Ich sah sie noch kurz, bevor der erste Strahl der Morgensonne auf das Riff fiel, auf dem sie entlangtanzte. Und in meinem Notizbuch heißt es: »Nachts umstreichen linde Winde Oahu, das im süßen Duft der Orchideen badet. Dieses Himmelsflugzeug wird auf dem Westwind dem Morgen zureiten und kurz nach Sonnenaufgang in Los Angeles landen.«

Das zweite Beispiel hat mit Iowa zu tun. Iowa ist ein sehr romantisches, mystisches Land. Ich kann das nicht erklären, es ist nun mal so. Natürlich sieht jeder die Rocky Mountains – sie sind ja nicht zu übersehen. Es braucht schon einen etwas größeren Blickwinkel, um die Schönheit Iowas oder das Romantische an den endlosen Prärien von North Dakota westlich von Larimore zu sehen. Ich habe einmal in den Wäldern südlich von Wadena, im nordöstlichen Iowa, gearbeitet, als es gegen Abend zu schneien begann. Ich arbeitete weiter. Und als ich so arbeitete, begann ich etwas zu spüren. Was mochte es sein? Der Wald füllte sich zusehends mit Schnee. Was war da noch? Ich brauchte einen Augenblick, aber dann wußte ich es: Es war Iowa. Wie die Romantik kommt Iowa nicht auf Sie zugetanzt: »He, schau mal, wie schön ich bin.« Es liegt einfach da, an heißen Junitagen, wie eine Frau in der Sonne, während die Romantik dort herumplanscht, wo der Winnebago den Shell Rock küßt – nur zwei Meilen unterhalb des Ortes, an dem ich aufgewachsen bin.

Nun, ich denke, das genügt. Sie haben eine Vorstellung davon. Alles, was ich jetzt noch für Sie habe, ist eine Art Prüfung (Sie wußten, es würde nicht ohne Prüfung gehen, stimmt's?). Wie werden Sie wissen, ob Sie ein romantisches Leben geführt haben? Ich sage es Ihnen. Auf Ihrem Sterbebett, nach all dem Leben und Tun, müssen Sie sich folgendes Gedicht des Dichters Rainer Maria Rilke vorsagen:

Ich lebe mein Leben in wachsenden Ringen,
die sich über die Dinge ziehen.
Ich werde den letzten vielleicht nicht
*   vollbringen,*
Aber versuchen will ich ihn.
Ich kreise um Gott, um den uralten Turm,
und ich kreise jahrtausendelang;
und ich weiß noch nicht: bin ich ein Falke,
ein Sturm oder ein großer Gesang.

Wenn Sie das gemacht haben, auf Ihrem Sterbebett, und sich dann mit einem ruhigen Lächeln zunicken können, dann haben Sie es geschafft, und

die Romantik wird sich auf Ihrer Schulter nieder-
lassen, wenn Sie sich auf den Heimweg machen.
Ich wünsche Ihnen alles Gute. Vergessen Sie mir
die Blumen nicht. Und den Wind. Ich danke Ihnen.

[Ansprache zur Schlußfeier des akademisches Jahres
an der University of Northern Iowa vom 20. Juli 1983.
Erstveröffentlichung im *Des Moines Register*
am 4. September 1983]

Initiation über drei Banden

Ich hatte meine Helden schon immer gern handlich. In den frühen Fünfzigern, als die anderen Jungs für Duke Snider und Rocky Marciano schwärmten, vergötterte ich in einem bescheidenen Raum an der Hauptstraße von Rockford in Iowa Sammy Patterson.

Ich sehe ihn noch vor mir: weites Hemd, weite Hose. Aus der rechten Gesäßtasche spitzte ein Flachmann. Er ging langsam und redete leise. Aber wenn er sich über den Billardtisch bückte, dann bewegte sich sein Queue mit der lautlosen Präzision eines Pfeils. Sein Stoß war flüssig und sicher und das Ergebnis niemals brutal, nur ein leises Klicken, wenn die Bälle in komplizierten Mustern über das grüne Tuch rollten. Er muß damals um die Sechzig gewesen sein.

Der Raum, in dem Sammy seine Kunst ausübte, war kein schicker Salon. Keine Smokings, kein Hang zu preziöser Respektabilität, keine großen Preisgelder, keine Frauen im Abendkleid. Hier, in Gerald Bragas »Sportsman«, war Pool eben Pool, Billard dagegen Karambolage.

Für den Fall, daß Sie ein behüteteres Leben geführt haben, als ich mir vorstellen möchte: Pooltische haben Taschen, Billardtische nicht. Jedenfalls galt das für die Welt, in der ich aufgewachsen bin. Karambolage spielt man mit drei Kugeln. Zwei weißen und einer roten. Eine der weißen hat einen kleinen Punkt, um sie von der anderen zu unterscheiden. Ein Spieler spielt den ohne, der andere den mit Punkt. Ziel ist es, mit dem eigenen Spielball die beiden anderen mit einem Stoß zu tuschieren. Eine Karambolage mit anderen Worten. Hört sich einfach an? Ist es aber nicht. Billard ist eine Mischung aus Physik, Geometrie, Augenmaß, Geschick und Niedertracht.

Und Sammy war darin gut, sehr gut sogar. Mit jedem Stoß rollte seine Kugel über drei Winkel. Er machte seine Karambolage. Bau dir gleichzeitig den nächsten Stoß auf. Und laß dem Gegner keine Möglichkeit für den Fall, daß du nicht triffst. Während ich ihm Abend für Abend um den Tisch folgte, ein Queue hinter mir herziehend, das nicht weniger groß war als ich, brachte er mir so gut wie alles bei, was er wußte, einschließlich seiner unendlichen Verachtung für den gewöhnlichen Poolspieler.

Ich betrat Sammys Welt durch einen Initiationsritus. Es gibt sie in allen Kulturen, und in meiner war das nicht anders. Eines Sonntagmorgens fuhren meine Eltern und ich von Rockford hinüber nach Charles City, um bei meinen Großeltern zu Mittag zu essen. Meine Mutter war gleich nach unserer Ankunft in die Küche geeilt, während mein Vater mich mit einem schalkhaften Glitzern im Blick fixierte: »Komm, wir gehen in den Elks Club.«

Für einen elfjährigen Jungen kam das einer Einladung ins Mannesalter gleich. Der Elks Club war eine große Sache: verschlossene Türen, eine Bar, die Stille eines Sonntagvormittags, das Murmeln der Spielautomaten im Keller und der Geruch von Schnaps, Rauch und bescheidenen Indiskretionen von der Party am Abend zuvor in der Luft. Es war eine Männerwelt. Frauen lud man hin und wieder zu den Parties ein, Kinder jedoch nie – außer zur alljährlichen Weihnachtsfeier, wenn der Laden inklusive Sprache und Benimm desinfiziert war.

Mein Paps ging die Bar entlang, knipste, ohne aus dem Tritt zu kommen, das Licht über einem Pooltisch an und stand dann vor den langen Ständern mit den Queues. Wie ein Gelehrter, der vorsichtig Buchrücken durchgeht, fuhr er mit den Fingern sachte über die Stöcke, hielt hier und da an, drehte einen um und sah an einer eingebrannten Zahl sein Gewicht.

Er suchte zwei aus, rollte sie auf dem Tisch, um sicherzugehen, daß sie auch gerade waren, und holte dann einige Kugeln, einschließlich des Spielballs, aus den ledernen Taschen. Dann begann er mit dem Training. »Stoß niemals hart, hörst du, niemals, es sei denn in ganz besonderen Fällen.« »Paß auf, spreize die drei äußeren Finger auf dem Tisch, bieg deinen Zeigefinger so, daß er den Daumen berührt, und führe das Queue mit dem Kreis, der dadurch entsteht. Nur Amateure setzen alle fünf Finger auf und lassen das Queue in der Mulde zwischen Daumen und Zeigefinger laufen.« »Paß auf, das ist ein Vorbänder. Jetzt ein paar schwierige Stöße und wie man sie angeht.«

So ging das weiter. Einige Wochen lang spielten wir jeden Sonntagvormittag, wenn wir nach Charles City fuhren, zusammen Pool. Paps spielte gut. Ich lernte vom Zusehen. Ich lernte die Sprache und die Bewegungen. Lernte, das Spiel ernst zu nehmen.

Nach dem Unterricht durfte ich zu Braga (kein Mensch nannte den Laden jemals den »Sportsman«). Braga und Paps waren alte Freunde, die zusammen angeln gingen; ich habe also keine Ahnung, welchen Pakt sie miteinander schlossen, um meiner Mutter das Gefühl zu geben, daß mir dort auch tatsächlich nichts passierte – hinter beschlagenen Fenstern, kaum sichtbar im dichten Qualm, dem wüsten Geschrei und den scharfen Flüchen der Kartenspieler aus dem Hinterzimmer ausgesetzt, auf dessen Schwingtür »No miners« stand (ich weiß noch, wie ich überlegte, daß es im Umkreis von hundert Meilen nicht eine einzige Mine gab).

Das Queue kostete zehn Cent, der Verlierer zahlte, und der Laden war so gut wie immer gerammelt voll. Mein Pool- und Angelfreund, Dennis Parker, und ich fanden uns Nachmittag für Nachmittag, kaum daß wir der Schule entkommen waren, dort ein. Und das Beste waren natürlich die

Wochenenden. Freitags rasten wir zu Braga, warfen fünf Cent in den Flipper, hievten ihn uns auf die Zehen, wenn Gerald gerade mal nicht hersah, und holten zweihundert Freispiele heraus, genug, um Stunden beschäftigt zu sein. Der eine spielte Pool, der andere flipperte, dann wechselten wir.

Damals saß ich in der Schule und träumte von den herrlichen Mustern, die die Kugeln beschrieben, und erarbeitete mir Strategien für schwierige Stöße. Ich spielte und spielte und wurde von Tag zu Tag besser dabei. Es dauerte nicht lange, und ich konnte mit Auslagen von vielleicht vierzig Cent ein ganzes Wochenende bei Braga verbringen – dazu kamen noch die senfbeschmierten Hot dogs aus dem Grill, der sich Tag und Nacht gleich neben der Kasse drehte. Manchmal, wenn Gerald mich Samstag abends für einen Dollar die Bälle aufbauen ließ, schaute sogar noch etwas für mich raus.

Von Kenny Govro kaufte ich mir für fünf Dollar mein eigenes Queue. Kenny, so hieß es im Ort, hätte es mit dem Herz und lebe von der Arbeit seiner Frau Snow, die Indianerin war. Im ersten Zorn nach einem Abend voller Niederlagen behauptete er, das Spiel aufgeben zu wollen, und verkaufte mir seinen Stock.

Er war wunderschön. Siebzehn Unzen glänzendes helles Holz, Korkgriff, Elfenbeinringe. Eine Lanze für die Kriege, die mich verzehrten. Bis ich ihn jeden Tag herausholte, um zu spielen, stand er reglos in einem speziellen verschließbaren Ständer im Kartenzimmer (um ihr Privatqueue zu holen, durften ausnahmsweise auch Minderjährige dort hinein).

Meine Mutter machte sich Sorgen. Vergessen wir nicht, daß sich das alles nur achtzehn Meilen südöstlich von River City abspielte. Sie witterte Ärger, und das nicht zu knapp. Aber es stand nun mal zwei gegen einen. Während ich vorne Kugeln schob, spielte Paps im Hinterzimmer Binokel, und so wußte sie wenigstens, wo ich war.

Das einzige wirkliche Zugeständnis, das sie verlangte, und darin war sie eisern, bestand darin, daß ich mich auf der hinteren Veranda ausziehen mußte; in meinen »grauenhaft vermieften Klamotten« – ihre eigenen Worte – kam ich ihr nicht ins Haus. Ich für meinen Teil fand, ich roch gut, ich war gesalbt in Qualm, Senfflecken, Kreidestaub und dem unverwechselbaren Aroma keimender Meisterschaft.

Einmal, ich weiß nicht mehr wann, durfte ich mich dann auch am Billardtisch versuchen. Ein weiterer Schritt in meiner Initiation, der in seiner Bedeutung meiner Lehrzeit am Pooltisch entsprach. Der Billardtisch war Geralds ganzer Stolz. Wenn er nicht benutzt wurde, deckte er seine makellos glatten Flächen mitsamt den federnden Banden mit einer leichten Leinwand ab. Die Bälle lagerten außer Reichweite und damit sicher in einem Karton unter der Kasse. Um am Billardtisch zu spielen, bedurfte es Geralds persönlicher Genehmigung. Diese hatten, zu jedem beliebigen Zeitpunkt, vielleicht gerade mal zwanzig Mann.

Karambolage besitzt eine Schönheit, die jemandem, der selbst nie gespielt hat, nur schwer zu erklären ist. Wie Ballett oder Bach ist es die pure Form. Es hat eine Ästhetik der Bewegung, Melodie und Kontrapunkt, einen fugenartigen Aufbau und gibt einem das Gefühl eines kleinen Universums, in das sich auf ewig abtauchen läßt.

Es war eine andere Welt als die Kakophonie der Pooltische, die doch nur ein paar Meter weiter standen. Ein Ort der Stille und der Konzentration, die Männer hier wußten, was sie taten. Und Sammy Patterson beherrschte diese Welt mit ebenso unbestrittener wie beängstigender Macht.

Die entscheidende Kraftprobe konnte wohl nicht ausbleiben. Der Lehrer, der Schüler, das Spiel. Da sind Vektoren am Werk, die, ohne daß wir sie verstehen, zu bestimmten Zeiten für bestimmte Konstellationen sorgen, deren Ausgang nur die merkwürdigen Götter des Glücks und der Logik voraussehen können.

Falls sich eine Ursache herausarbeiten läßt, so hat sie sicher mit Kenny Govro zu tun. Kenny galt, mit einigem Abstand zu Sammy, als der zweitbeste Billardspieler der Stadt. Kurz nach seinem offiziellen Rückzug aus dem Spiel entschloß er sich, seinen Schwur zu brechen und sah sich eines Abends nach jemandem um, der mit ihm spielte. Alles, was zur Wahl stand, war der Kleine, dem er sein Queue verkauft hatte. Na schön, eingerostet wie er ist, kann ein bißchen Übung nicht schaden. Ich habe ihn am Boden zerstört. Sammys Unterricht und das beständige Üben hatten sich bezahlt gemacht.

Kenny schob es auf den Verlust seines Queues, trat wieder in den Ruhestand und verließ Braga mit einer Schimpfkanonade auf Queues, Grünschnäbel und das Leben an sich. Daß ich Kenny derart in die Pfanne gehauen hatte, mochte Sammy davon überzeugt haben, daß es an der Zeit wäre zu sehen, was der Kleine so konnte.

Die Entscheidung fiel um 1953, an einem jener feuchtheißen Juniabende wie wir sie hier in Iowa haben. Ich war damals etwa vierzehn. Sammy und ich hatten nie ernsthaft gegeneinander gespielt. Vielmehr baute er Kombinationen auf und zeigte mir, wie man sie anging – »spiel ihn halbvoll links an, die Rote halblinks tuschiert, über lange und kurze Bande auf die andere Seite, und schon hält er astrein auf die Zwei in der Ecke zu« –, und versuchte ganz allgemein einen Klassespieler aus dem Kleinen zu machen, der ihm nicht von der Seite wich.

Ich weiß nicht mehr, wie das Spiel organisiert wurde. Es kam immer zu einer Art Paarungstanz, wenn zwei gute Spieler gegeneinander antraten. Wie auch immer, man schob die kleinen Kugeln an den Drähten über unseren Köpfen, an denen die Punkte gezählt wurden, zurück und drehte die Queues in der Kreide.

Auf die Kleinstädten eigene geheimnisvolle Weise hatte sich herumgesprochen, daß Sammy und ich spielen würden. Normalerweise hätte das

nicht viel bedeutet, aber da dasselbe Kommunika-
tionssystem bereits die Nachricht von meinem
leichten Sieg über Kenny verbreitet hatte, kam
doch ziemliches Interesse auf.

Das heißt, eigentlich eine ganze Menge. Als
Sammy und ich schließlich so weit waren, hatten
sich zwischen zwanzig und dreißig Mann eingefunden. Für einen vierzehnjährigen Jungen, der
gegen den Meister antrat, war das das Kolosseum
zur Mittagszeit mitsamt Sonne und Sand, eine
Frage von Männlichkeit und Ehre, wie aus einem
alten Lied von jungen Männern und alten Löwen.

Es ging los. 500 Punkte waren zu machen. Ich
hatte mein Spiel im Griff, spielte Serien von zwanzig Punkten und mehr, wann immer ich an der
Reihe war. Sammy dagegen spielte nicht gut. Vielleicht lag es an der Hitze, vielleicht auch daran,
daß er während des Aufwärmens zu oft die Flasche
zu Rate gezogen hatte. Ich machte mir Sorgen. Ich
wußte, er war in der Lage, in einem Durchgang
fünfundsiebzig Punkte zu machen. Ich schwankte,
verlor etwas von meinem Selbstvertrauen, erholte
mich wieder und fand wieder ins Spiel.

Bis auf den heutigen Tag spüre ich, was ich damals empfand: die Hitze, den Schweiß, den Rauch,
das leise Gemurmel der Männer, die uns um-
ringten, die Worte Sammys und meines Vaters gingen mir mit völliger Klarheit durch den Kopf
(»sachte stoßen«, »Hochstoß halbvoll rechts«, »spiel
über vier Banden, und sieh zu, daß du die Rote wieder in die linke obere Ecke kriegst«, »solltest du

nicht treffen, so läßt du ihm wenigstens keine Chance«).

Schließlich begann ich zu sehen, daß ich tatsächlich gewinnen konnte. Ich roch die Möglichkeit, schmeckte sie geradezu. Und da ich nun mal am Rande zum Mannesalter stand, ging ich ohne Rücksicht auf Verluste zur Sache und drehte auf. Ein, zwei lange Serien, und ich hatte es geschafft. Es war vorbei. Ich konnte es nicht glauben. Sammy sah müde aus, aber mich interessierte nichts als mein Sieg.

Ich weiß noch, wie ich danach nach Hause gesprintet bin, die Tür aufriß und schrie: »Ich habe Sammy geschlagen, ich habe Sammy geschlagen.« Mein Paps schien überrascht und ging in die Stadt, um sich nach den Tatsachen zu erkundigen, kam dann, ohne viel zu sagen, wieder nach Hause, gratulierte mir aber auf eine stille Art.

Danach spielte ich nicht mehr viel. Irgendwie war es nicht mehr dasselbe. Meist stolzierte ich nur herum, in unsichtbaren Buchstaben ein großes »Champ« auf der Brust. Zu Hause sprach ich unablässig von meinem Sieg, und mein Vater sagte immer wieder, ja, ein schöner Triumph.

Einige Wochen später, an einem ruhigen Dienstagabend, schlenderte ich bei Braga rein, und Paps stand gegen die Theke gelehnt und unterhielt sich mit ihm. Er grinste mich an. »Was ist, Sohn, eine Partie Billard?« Nun war mein Vater aber kein Billardspieler, er spielte nur Pool. Ich meine, selbstverständlich kannte er die Regeln und so, aber er spielte nicht viel. Großspurig erwiderte ich sein Grinsen: »Klar.«

Nur Braga war Zeuge. Wir kreideten unsere Queues ein und legten los. Es war ein ungleicher Kampf.

Paps war ein merkwürdiger Bursche, gut in allem, was die Koordination von Auge und Hand voraussetzte. Er war wohl mit Gerald zu irgendeiner Abmachung gekommen, um ungestört üben zu können, und hatte sich, ohne daß ich davon erfuhr, viele Stunden über das grüne Tuch gebeugt. Und diesmal ließ er nicht locker wie so manches Mal, als er drauf und dran war, mich während meiner Lehrzeit am Pooltisch zu schlagen. Er ging wirklich aufs Ganze.

Ich war sowohl etwas eingerostet als auch aus der Fassung gebracht. Er grinste nur die ganze Zeit über. Gerald sah zu und klimperte dabei mit den Münzen in seiner Wirtsschürze. Ich wurde wütend und spielte noch schlechter. Paps dagegen legte noch zu. Er machte mich fertig. Nach Strich und Faden. Ich verweigerte sein Angebot, mich mitzunehmen, und kam einige Stunden später schmollend zu Hause an.

Andere Dinge wurden mir wichtig. Basketball, Mädchen, Arbeit. Ich habe nie wieder viel gespielt, wenn überhaupt, weder Karambolage noch Pool. Einmal kam ich vom College nach Hause und schaute bei Gerald vorbei, drehte eine Runde in seinem Saal und sah mein altes Queue draußen im Ständer fürs Volk. Es war ziemlich ramponiert, zu

oft hatte es einer der »Amateure« aufs Brett ge-
knallt, wenn ihm ein Stoß nicht gelang. Ich warf
einen Blick darauf. Der Stock gab ihn wehmütig
zurück – eine Geliebte, abgelegt um einer Hüb-
scheren willen. Einen Augenblick sahen wir uns
zärtlich an wie das Paar, das wir einmal waren, und
teilten einige schöne, wärmende Erinnerungen,
bevor ich mich abwandte und für immer ging.

Die Lektionen ließen sich Zeit. Sammy starb
etwa zwanzig Jahre nach meinem glorreichen Sieg
bei Braga. Dann Gerald. Dann Paps. Wir vier hatten
einen komplexen Reigen getanzt, unchoreogra-
phiert, kompliziert, ungeübt, aber präzise.

Sie haben mir Rhythmen beigebracht, die ich erst
jüngst zu spüren beginne, Melodien, die mir bisher
nie aufgegangen waren – etwa daß Zen und Präzision einander nicht beißen, daß es kleine Universen
gibt, wenn man Disziplin und Geschick aufbringt,
sie zu betreten, und daß Anmut, Leidenschaft und
Eleganz des Geistes im Grunde alles sind, was
wirklich zählt, ob man nun Billard spielt, Gitarre
oder sich liebt, ob man gewinnt oder verliert.

Sehen Sie, Gerald Braga leitete nicht einfach
eine Poolhalle in einer Kleinstadt in Iowa. Er hatte
eine Akademie. Sammy Patterson und mein Paps,
Gott hab' sie selig, gehörten zur Fakultät, und ich
hatte das große Glück, dort zu studieren, als ich
noch klein und bartlos war und überlegte, wie es
wohl wäre, ein Mann zu sein.

[Erstveröffentlichung im *Des Moines Register*
vom 2. Dezember 1984]

Sprungwürfe

In Dakota gönnt sich der Februarwind auch nicht einen Augenblick Ruhe. Genauso wie die Basketballfans. Beide toben sie, als ich den Ball in der Sporthalle der Staatlichen Uni von North Dakota auf den Korb des Gegners zutreibe. Alles läuft nach uralten Gesetzmäßigkeiten. Stewart schreit vom Spielfeldrand seine Anweisungen. Holbrook zischt voraus, schlägt einen Haken nach rechts. Spoden, unser All-American Zenter, rangelt um einen Paßweg. Mit dem Kopf links angefintet, und schon lehnt sich mein Bewacher zu weit nach vorn. Rechts über den Block gedribbelt. Doppelschirm Holbrook-McCool. Schweiß, Lärm, der Geruch von Popcorn liegt in der Luft. Ich sehe jetzt alles wie in Zeitlupe. Hinter dem Schirm steige ich, den Ball in Überstirnhöhe auf dem Teller der Linken, während die rechte Hand schiebt, mit leichtem Rückwärtsdrall hebt er ab. Ein sanfter Bogen...

Der Ball fliegt über den Telefondraht und prallt vom Rahmen des Korbs, während ich in der Stille eines Sommerabends in Iowa auf der gestampften Erde zum Stehen komme. Meilenweit weg vom

Wind, Jahre vor den Dakotas. Gelangweilt von Schule und Kleinstadtleben habe ich mit meinen dreizehn Jahren beschlossen, Basketballspieler zu werden. Absurd. Eins siebenundfünfzig groß, fünfzig Kilo.

Daß das unmöglich ist, stört mich nicht im geringsten. Tag für Tag, Abend für Abend fliegt im Schein der schwachen Lampe auf der hinteren Veranda der Ball. Noch hundert Würfe, dann geh ich rein. Vielleicht zweihundert. Jedenfalls nicht bevor ich nicht fünfmal am Stück aus sieben Metern getroffen habe.

Erstes Jahr. Ich bewerbe mich für die High-School-Mannschaft, etwas, was man im ersten Jahr schlicht und ergreifend nicht tut. Leute aus dem ersten Jahr gehören ins Juniorenteam. Das ist eine Regel, die man still akzeptiert. Ich kriege von den Älteren schwer eins aufs Dach, geistig wie physisch. Trotzdem arbeite ich bis in die Nacht hinein, an Herbstabenden mit Handschuhen, an meinem Sprungwurf. Immer über den Telefondraht. Samstags läßt mich Merlin, der Hausmeister unserer Schule, um sieben Uhr früh in die Halle. Den ganzen Tag über werfe ich auf den Korb. Nur mittags lege ich eine kurze Pause ein.

Der große Tag. Zwölf von uns werden ausgewählt, diese Saison das Trikot zu tragen. Ich habe das Gefühl, eine Chance zu haben. Ich habe mich abgestrampelt, zugehört, gelernt. Aber es sind um die zwanzig Leute, die in die Mannschaft wollen, und dann ist da immer noch die Frage, ob ein Erstkläßler überhaupt hier dabeisein sollte. Zum Ende des Trainings läßt uns der Trainer noch ein wenig auf den Korb werfen, während er mit einer Liste die Halle abschreitet. Er studiert sie, ruft Namen auf, langsam, bestenfalls einen pro Minute: »Mehmen«... »Clark«... »Lossee« .

Elf wurden bereits aufgerufen; elf sind in der Umkleide verschwunden, um sich ihre Trikots auszusuchen. Ich kriege kaum den Ball hoch oder ein Dribbeln zustande, geschweige denn einen klaren Gedanken. Der Trainer geht nach wie vor auf und ab. Drei, vier Minuten vergehen. Dann dreht er sich um: »Waller.«

Schweigen im Walde – ich erinnere mich noch sehr gut. Ein Erstkläßler? Augenblick mal! Mit einem Gefühl, wie man es nur ganz wenige Male im Leben hat, trabe ich in die Umkleide. Auch hier herrscht Schweigen. Ich bin nicht willkommen, die Gründe dafür sind komplex, sie haben mit Tradition und der Halbwüchsigendefinition von Männlichkeit in den fünfziger Jahren zu tun. Sogar Clark, sonst so bedächtig, schüttelt den Kopf.

Das letzte Trikot ist auch das größte. Die Hose kann ich noch enger schnüren, damit ich sie nicht verliere, aber das Hemd ist so groß, daß die Ausschnitte für die Arme bis auf den Hosenbund reichen, wenn ich es einstecke. Wäre es nicht so komisch, es wäre grotesk. Nur daß niemand lacht.

In der Dunkelheit eines Novemberabends im Jahre 1953 laufe ich nach Hause, das feinsäuberlich gefaltete lila und weiße Trikot unterm Arm.

Wie eine Granate schieße ich über die hintere Veranda und platze in die Küche hinein. Meine Eltern sind platt. Sie haben mir meinen Willen gelassen, weiter nichts, sie wußten, wie empfindlich ich war, was meine Größe anging. Aber daß ich es schaffen könnte, das haben sie nicht erwartet.

Paps sorgt sich um meine Sicherheit. »Die großen Kerls, die machen doch Hackfleisch aus dir.« Meine Mutter macht sich Sorgen wegen der Schule. Alles, was mich interessiert, ist, daß das verdammte Trikot richtig sitzt. Mutter näht enorme Abnäher in die Schulterpartie, bis die Armlöcher halbwegs normale Proportionen annehmen. Die Rüstung paßt. Der Krieger ist bereit.

Unser gelber Bus rollt durch einen Winter im Mittelwesten, am Steuer sitzt Hank: St. Ansgar, Greene, Nora Springs, Riceville, Manly und so weiter und so fort. Es geht durch die gesamte Corn-Bowl-Liga. Ich sitze allein, in Jeans, grünkariertem Hemd und Pionierstiefeln, verfemt. Wegen mir mußte ein guter Freund der Senioren zu Hause bleiben. Von der Ersatzbank aus sehe ich mir alles genauestens an. Es läuft nicht sonderlich in dieser Saison.

Allmählich, vor allem aus Verzweiflung, blickt der Trainer die Ersatzbank entlang; dann heißt es: »Waller, mach daß du reinkommst.« Hin und wieder ergibt sich eine Gelegenheit für einen Sprungwurf aus der Weitdistanz, der in hohem Bogen in die grellen Lichter eines Dutzends High-School-Turnhallen saust, um dann auf seinem Weg durch den Korb das Netz zu durchschneiden. Die anderen Spieler tauen ein bißchen auf. Bis zum letzten Spiel der Saison habe ich es dann geschafft. Ich bin von Anfang an dabei. Nashua. Wir donnern die Halle auf und ab und gewinnen. Ich mache zwölf Punkte. Tags darauf um sieben Uhr früh läßt Merlin mich in die Halle; er grinst, er hat das Ergebnis in der Cafeteria gehört. »Zwölf Punkte, ej?«

Im Sommer folgen weitere Stunden auf dem Platz hinterm Haus. Abendessen. »Ich komm' ja schon, Augenblick noch.« Ich kann unmöglich aufhören, bevor ich nicht zehnmal am Stück aus sieben Metern versenke.

Zweites Jahr. Diese Spielzeit gewinnen wir. Ich bin jedesmal von Anfang an dabei. Beim Bezirksturnier schlagen wir Rudd, eine Bombenmannschaft, die Welt ist in Ordnung. Grinsend macht mir Merlin jeden Samstag auf, wenn ich morgens an der Turnhallentür rüttle.

Wenn es warm ist, brennt das Licht auf der Veranda bis spät in die Nacht. Ich kann nicht aufhören, nicht vor fünfzehn Treffern am Stück aus sieben Metern. Paps hat mittlerweile Interesse an der Geschichte und hat die Telefonleitung verlegt. Mutter macht sich Gedanken um meine schulischen Leistungen und bekocht mich, als hätte sie eine Erntemannschaft zu füttern. Ohne Vorwarnung bin ich plötzlich eins achtundsiebzig.

Drittes Jahr, neuer Trainer. Paul Filter hat keine Geduld mit Luschen. Er lächelt zwar viel, aber die gestärkten weißen Hemden und die ordentlich gebügelten Anzüge verraten ihn. Der Mann meint es ernst. Sowohl was seinen Geschichtsunterricht anbelangt als auch damit, seine Jungs in kurzen Hosen auf Basketball und das Leben danach zu trimmen, ein Leben, das ich mir noch nicht einmal vorstellen kann.

Wir haben zu Anfang fast alle Spiele verloren und mühen uns den Rest der Saison mit Aufholen ab; wir werden besser, doch Filter nennt uns – wenn auch liebevoll – »Clowns«. Aber der Sprungwurf sitzt, Spiel für Spiel, in einer heißen Halle nach der anderen. An manchen Abenden versenke ich gleich zwanzig von der Seitenlinie her.

Paul Filter sieht langsam, aus welchem Holz ich geschnitzt bin, und entwirft für die spielfreie Zeit spezielle Trainingsprogramme für mich. Dauerlauf, Liegestütze (damals gab es für die HighSchool noch kein Krafttrainingsprogramm). Ich mache hundertvierzig Liegestütze am Stück und werde einsdreiundachtzig. Es wird allmählich ernst.

Aber es ist irgendwas am Werk, was ich nicht ganz verstehe. Es ist mehr als ein Spiel. Ich denke ausgiebig über Physik und Kunst des Sprungwurfs nach, probiere beim Üben dann alles aus. Die Suche nach Perfektion, die ballettartige Bewegung, der weiche Abwurf, der sanfte Bogen, der Lohn.

Mein letztes Jahr zieht ins Land, und ich nutze den Schwung einiger Jahre stetiger Übung. Meine Sprungwürfe schweben durch die Winterabende von Iowa. Von Spiel zu Spiel summieren sich meine

Punkte – 39, 38, 45, 34. In den meisten Spielen habe ich zwei Bewacher, einmal sogar drei. Aber Dauerlauf, Liegestütze und natürlich der Sprungwurf machen mich unheimlich stark. Auf einen, der fast schon professionell trainiert, ist der Gegner einfach nicht gefaßt. Mo Parcher und Bill Mitchell schnappen sich die Rebounds, Tommy Ervin stellt mir die Blöcke, wir gewinnen unsere ersten dreiundzwanzig Spiele.

Filter ist nach wie vor mein Lehrer. Lange unterhält er sich mit mir, um dem Sport Perspektive zu geben. Er weiß, daß man mir anbieten wird, am College zu spielen, und gibt sich Mühe, mich auf etwas mehr vorzubereiten als das. Ich schmolle, als er mich gegen St. Ansgar gegen Ende des dritten Viertels aus dem Spiel nimmt. Ich habe neununddreißig Punkte und allein in diesem Viertel neun von zehn Würfen verwandelt. Wir spielen die Saints in Grund und Boden. Ich will drinbleiben, meinen eigenen Rekord brechen. Filter setzt mich ans Ende der Bank und weigert sich, mich auch nur anzusehen, während er eifrigen Jungs aus dem zweiten Jahr Anweisungen gibt. Am Morgen darauf führt er mit mir ein langes Gespräch über Sportlichkeit, Perspektiven und das Leben an sich.

Beim Bezirksturnier gegen Greene ist es dann aus. Wir haben sie schon zweimal geschlagen, aber sie legen sich mächtig ins Zeug und machen uns ordentlich Dampf. Mal gehen meine Sprungwürfe rein, mal nicht, aber wir haben einfach nicht genug Zeit. Es ist aus.

Einige Tage später kommt ein Brief von Bucky O'Connor, der an der Universität von Iowa trainiert. Ob ich mal auf den Campus kommen könnte, auf einen Besuch, die Phantastischen Fünf spielen sehen?

Paps und ich verbringen einen Tag mit Bucky, sehen uns ein Spiel an, bewegen uns in der Welt der Privilegierten. Bucky hat vor, dieses Jahr vier Spieler zu rekrutieren, und einer davon bin ich. Paps ist im siebten Himmel. Seit er denken kann, hört er sich abends im Radio Iowas Spiele an.

Wir sitzen am Küchentisch und füllen die Formulare für das Stipendium aus. Paps und ich lachen, unterhalten uns über Sprungwürfe und die Sporthalle der Universität. Mutter sagt nur eines: »Ich denke, der Junge sollte ans College gehen, um was zu lernen, nicht um Basketball zu spielen.« Was? Sie bekommt ordentlich was zu hören von uns, dann ist Schluß mit dem Quatsch.

Mein erster Sprungwurf für Iowa prägte sich ein. Es ist noch früh in der Saison, ich gewinne das Anspiel und laufe voll Selbstvertrauen in die gegnerische Hälfte. Alles im gewohnten Rhythmus. Ich bleibe stehen, gehe hoch, perfektes Timing, großartiger Abwurf, und mit einemmal schlägt mir der längste Mensch, den ich je in meinem Leben gesehen habe, den Ball über dem Kopf weg ans andere Ende des Felds. Ich werde mich wohl umstellen müssen.

Ich habe nicht viel Ahnung von Verteidigung, ja ich bin noch nicht mal ein Mannschaftsspieler.

Ganz im Gegensatz zu den Kindern auf den Beton-plätzen von Chicago und Louisville. »Okay, Waller, bis auf weiteres Schluß mit Angriff. Nach jedem Paß gehst du zurück in die Verteidigung.«

Der Sprungwurf ist für eine Weile zum Schweigen gebracht. Trotzdem sagt mir der Trainer, ich sei ein Naturtalent im Werfen, das größte, das er je gesehen hat. Bei dem Wort »Naturtalent« denke ich grinsend an all die Tage in der Turnhalle, an denen ich um sieben Uhr früh auf der Matte stand. Und irgendwo grinst auch Merlin, der Hausmeister.

Trotzdem, in meinem Kopf von achtzehn Lenzen geht noch anderes vor. Über meine Gefühle bin ich mir nicht im klaren, aber sie haben irgendwie etwas mit Paul Filter und meiner Mutter zu tun. Außerdem finde ich Gefallen an Tim Ryan, meinem Lehrer in den Geisteswissenschaften, und einem kleinen Mann von den Literaturwissenschaften. Ich bin ein schlechter Schüler und gebe die Schuld dafür dem Basketball. Mein erstes Jahr treibt an mir vorbei. Alle Welt macht ein großes Geschrei um den Sprungwurf, wartet aber darauf, daß ich mich auch in anderen Bereichen des Spiels entwickle. Und Bucky O'Connor kommt bei einem Autounfall ums Leben.

Im Sommer folgt ein Blinddarmdurchbruch, ein gebrochener Finger, eine schlimme Knieverletzung Anfang Herbst beschert mir einen schlechten Start im folgenden Jahr. Inzwischen machen mir besagte Gefühle zu schaffen. Ich stehe kurz davor, mich in eine junge Frau zu verlieben, die ich schließlich heiraten werde. Und dann kommt auch die Neugier meiner Kindheit wieder durch, als ich fast alles gelesen hatte, was es in der Stadtbücherei von Rockford so gab.

Auch andere Dinge machen mir zu schaffen. Irgendwie war aus einem Spiel für Jungs etwas ganz anderes geworden. Machten sich doch tatsächlich Erwachsene, die mit der Universität noch nicht mal etwas zu tun hatten, Gedanken über unsere verstauchten Knöchel und die Qualität unserer Mann-Mann-Verteidigung. Ich kann dem Gewinnen nicht mehr die Wichtigkeit zuordnen, die erforderlich scheint. Immer wieder Training und Filme, Training und Filme. Die Gespräche im Umkleideraum, in denen Frauen ziemlich schlecht abschneiden, lassen mich kalt. Die speziellen Nachhilfestunden für Sportler, in denen man erstaunlich zutreffende Informationen über bevorstehende Prüfungen verteilt, sind mir zuwider. Ich gehe aus Prinzip nicht hin und werde dafür verlacht. Irgendwas ist nicht in Ordnung, irgendwas ist oberfaul, ich weiß es genau.

Ich gehe von der Schule ab. Mein Vater ist enttäuscht; es trifft ihn schlimmer, als er jemals ausdrücken könnte. Einige Monate ungelernte Tätigkeiten, dann nimmt mich das Staatliche Lehrercollege. Kein Stipendium, keinerlei Förderung. Meine Eltern schicken mir Geld, und ich arbeite in einer Bank. Eine Nummer kleiner spiele ich guten Basketball.

Norm Stewart kommt als Trainer zu uns. Er

bringt mir in drei Wochen mehr über das Verteidigungsspiel bei, als ich in meinem ganzen Leben gelernt habe. Abgesehen davon, den Hintern tief zu halten und auf den Fußballen zu spielen, lehrt er mich, daß es bei der Verteidigung um Stolz geht, und gibt mir in den Spielen harte Nüsse zu knacken. Das gefällt mir. Es paßt genau zu der Art und Weise, wie ich die Welt zu sehen beginne.

Der lila-goldene Bus rollt durch die Winter des Mittleren Westens; am Steuer sitzt Jack. Ich stehe vorne neben der Tür und sammle Bilder für künftige Lieder und Essays. Der Sprungwurf ist immer noch da. Aber in einem anderen Rahmen. Ich beschäftige mich jetzt mit Literatur, spiele Gitarre, verbringe meine Samstagvormittage über Clarence Darrows großartigen Schlußplädoyers an seine Geschworenen und genieße alles, was College und Leben zu bieten haben.

Ich bin derart in eine Frau verliebt, ganz zu schweigen von der Musik, daß Basketball zu etwas wird, was ich mache, weil man es von mir erwartet. Selten erreiche ich die Höhepunkte, zu denen ich, wie ich weiß, mit dem Sprungwurf imstande bin. Sicher, ich habe meine Abende – in Brookings, South Dakota, zum Beispiel, oder Lincoln, Nebraska, wenn acht Meter mir wie ein Korbleger scheinen wie damals in Riceville und Manly und man sich die Körbe nur zu holen braucht. Größtenteils ist der alte Zauber jedoch dahin.

Trotzdem kommt mein Vater an Abenden mit Temperaturen unter dem Gefrierpunkt aus Rockford herunter, um dem zuzusehen, was übriggeblieben ist. Er sitzt am Westrand des Spielfelds in der alten Turnhalle des Lehrerkollegs, und wenn ich in die gegnerische Hälfte laufe, höre ich seine Stimme aus 4000 anderen heraus. »Mach schon, Bobby, zeig's ihnen.« Vor Jahren war er mit denselben Worten an den Winterabenden in der Corn-Bowl-Liga dabei.

Eines Märzmorgens ruft er mich an, ich habe es in die Auswahl der All-North Central-Liga geschafft. Er hat es eben im Radio gehört, er freut sich, und ich freue mich für ihn. Ich lasse die Gelegenheit jedoch sausen, belege lieber einige Kurse mehr und mache meinen Abschluß.

Einen letzten großen Augenblick aber habe ich noch. Nach Saisonende, als die erste Mannschaft der Universität Iowa auf Provinztournee geht. Ein anderer Spieler und ich tun uns mit einer Gruppe High-School-Trainern zusammen und treten in einem Benefizmatch in einer Turnhalle in Manchester, Iowa, gegen sie an. Es ist ein gutes Spiel. Bis in die letzten Minuten ist für uns alles drin, dann muß unser Riesenkerl von Zenter wegen zu vieler Fouls vom Platz, so daß ich Don Nelson, später bei den Boston Celtics, zu decken habe. Und diesen einen Abend noch ist der Sprungwurf wieder ganz der alte. Ich versenke zwölf davon von weit draußen.

Seit über fünfundzwanzig Jahren liegt der Sprungwurf nun mit zirka 2500 Punkten nutzlos herum. Er steckt irgendwo im Schrank, zusammen mit meinen alten Schulheften und meinem Schlitten. Nur einmal habe ich ihn herausgeholt, um ihn meiner Tochter zu zeigen, als sie danach fragte. Es dauerte ein paar Minuten, bis ich ihn wieder aufpoliert hatte, und sie sah ihn ein Weilchen im Licht eines Spätnachmittags auf dem Hof eines Nachbarn aufblitzen. Dann habe ich ihn wieder verräumt. Es war ein Jungenwerkzeug für ein Jungenspiel, gut fürs Heranwachsen, zu zeigen, was man so kann. Merlin hat das gewußt.

Mehr als alles andere jedoch – heute sehe ich das ganz klar – war der Sprungwurf eine Frage der Ästhetik, eine Kunstform für den Kleinstadtjungen: die ballettartige Bewegung, der butterweiche Wurf, der sanfte Bogen über einen Telefondraht, Sommerabende in Iowa, während denen Mutter und Vater einen Blick von der hinteren Veranda warfen, um einander dann mild lächelnd in die Augen zu sehen.

[Erstveröffentlichung im *Des Moines Register* am 6. Juli 1986]

Gedanken zum Fünfzigsten

Gegen Ende meines vierten Jahrzehnts war mein Leben so voll und abwechslungsreich, daß ich darüber mein Alter vergaß. Danach gefragt, rechnete ich erst mal rasch nach: »Mal sehen (murmel-murmel, die Lippen bewegten sich leicht)... geboren neunzehnhundert... jetzt haben wir... subtrahiert macht das...« Handelt es sich dabei, so überlegte ich, um eine schlichte Unaufmerksamkeit, die ich den Ablenkungen eines geschäftigen Lebens verdanke? Oder, so überlegte ich weiter, was, wenn hier ein netter Taschenspielertrick meines Verstands am Werk ist – der Balsam eines alternden Mannes für eine zu harte Realität?

Wie auch immer, andere kamen als erste darauf. Daß ich fünfzig wurde, meine ich. Einige Monate vor meinem Geburtstag begannen mich die Leute in einer merkwürdigen Sprache anzusprechen: »He, he, Bob-O, wie ich höre, steht dir die Fünfzig ins Haus! Wie willst du sie denn begehen?« »Ich habe zuviel zu tun, um Geburtstag zu haben«, entgegnete ich und versuchte das Thema zu wechseln.

Aber damit kam ich nicht durch. Ja, ich bekam sogar zu hören, daß ich den Stunden des 1. August angesichts der Folgenschwere des Anlasses einen tiefen und unauslöschlichen Stempel aufzudrükken hätte. Dergestalt bedrängt behauptete ich, daß der Tag mir allein gehöre und ich ihn mit meinen Kameras in einem ruhigen Moor zu verbringen gedachte.

Aber ich bummelte, und da ich keine Pläne machte, übernahmen das freundlicherweise andere. Mein Freund Scotty organisierte eine kleine Geburtstagsfeier zwei Tage vor dem eigentlichen Termin. Alte Freunde waren so großzügig, mir ihre Zeit zu opfern, ich saß in einem Liegestuhl mit roten Luftballons an der Lehne, und Scott machte ein Klassenfoto. Damit war der Ausschweifungen denn auch schon genug. Wir haben uns aufrichtig gut amüsiert, auf eine ruhige Art, und die ganze Geschichte kam meiner Weltsicht ausgesprochen entgegen. Na gut, die Ballons scheinen mir nicht so ganz mein Fall zu sein, aber ich dachte mir hinterher, jeder sollte wenigstens einen Tag im Jahr in einem Stuhl mit roten Ballons an der Lehne verbringen.

Am Abend vor meinem Geburtstag fuhr ich die sechzig Meilen nach Rockford hinauf und führte meine Mutter zum Abendessen aus. Als ich ihrem Beispiel folgend das Glas hob, mußte ich grinsen. »Danke dir, daß du mich hierhergebracht hast.« Sie erwiderte mein Lächeln und meinte, daß sie stolz auf mich sei. Dann erzählte sie mir noch einmal die Geschichte meiner Entbindung mitten in einem schlimmen Gewitter und wie kurz vor meiner Geburt im Krankenhaus das Licht ausgefallen sei. Eine Interpretation der letzteren beiden Ereignisse verkneife ich mir.

Am großen Tag selbst stellte ich meine fettarmen, halbvegetarischen Neigungen einmal hintan und gönnte mir zwei Maid-Rites. Das kam eigentlich fast schon einer Hommage an meine Jugend gleich. Es war nämlich in Roger Dixons Maid-Rite in Charles City, daß ich als junger Mensch zum erstenmal auswärts aß, und ich habe mir seit damals einen beinahe religiösen Eifer für diese mit losem Fleisch gefüllten Sandwiches bewahrt. So kommt es auch, daß ich meine Fahrten nach Des Moines nicht selten so einrichte, daß ein Stopp in Taylors Maid-Rite in Marshalltown nicht nur möglich, sondern schlicht unvermeidlich wird.

Sie müssen wissen, es gibt wenige Rituale, die erhabener sind, als sich gemächlich auf einem Hocker an der Theke zu wiegen und dabei zuzusehen, wie die Zutaten für ein Sandwich von der Warmhalteplatte eines echten Maid-Rite-Cafés geschippt werden. Das Echte kommt in diesem Fall aus der Reinheit, der Unverfälschtheit des Zwecks – ein Geschäft, in dem, abgesehen von nötigen Beigaben wie Milchshakes oder Graham-Cracker-Pies, nichts anderes serviert wird.

Nach den Maid-Rites gönnte ich mir ein Nickerchen, joggte meine drei Meilen, las ein paar Stunden und sah mir einen Film an. Kein T-Shirt mit

»Jenseits von Gut und Böse« wurde gekauft, keine Flasche Champagner geköpft, und auch Witze übers Altwerden waren nicht drin. Meine Frau schrieb mir einen hübschen Zettel, auf dem es hieß: »Mir fehlen die Worte, aber bestimmt nicht die Liebe zu dir.« Was mir, vom Gefühlsgehalt mal ganz abgesehen, ein Ausbund von einem schönen Satz schien, der eine Untermalung mit einer Hawaiigitarre verdient hätte. Außerdem schenkte sie mir einen kleinen, in Silber gebetteten Kristall von einem Silberschmied am Ort; auf das Silber waren ein Fisch und ein Falke graviert, die meine Liebe für alles Wilde und Freie symbolisierten. Das war's, und es war mir gerade recht.

Trotzdem, die sachten Seitenhiebe meiner Freunde und Bekannten über die Bedeutung des Tages hatten durchaus ihre Wirkung. Mitten in meiner Lektüre an jenem Nachmittag begannen meine Gedanken zu wandern, und ich kam auf die Zeit und die merkwürdige Spirale, in der wir da tanzen. Wenn ich nur einer aus einer langen Schlange von Reisenden bin, was ist dann mit dem Rest? Was machten sie an irgendeinem x-beliebigen 1. August?

Galileo, zum Beispiel, anno 1633. Im April jenes Jahres hatte ihn die Kirche unter Androhung der Folter gezwungen, die Schlüsse zu widerrufen, zu denen er in seinem *Dialog über die beiden Hauptsächlichen Weltsysteme* gekommen war, daß nämlich Ptolemäus sich geirrt und Kopernikus recht gehabt hatte: Die Erde sei keineswegs der

Mittelpunkt des Himmels. Also stellte ich mir Galileo Galilei in Florenz vor, eingeschüchtert, wütend und allein an einem warmen Tag im August.

Wie fühlte sich ein Hirte in den Hügeln von Sumer, 2000 Jahre vor Galileo, an diesem Tag? Ließ ihn das Spiel von Licht und Schatten verweilen und an eine Frau in der nächsten Stadt denken oder daran, wie merkwürdig das Leben doch ist? Saß der Reverend Thomas Bayes am 1. August 1760 über seinem berühmten Wahrscheinlichkeitstheorem? Die Schönheit seiner Beweisführung, die manchen als der Beginn der modernen Statistik gilt, leuchtet meinen Studenten noch heute nicht ein.

Und Sokrates. Wo war er an einem schönen Augustabend? Zusammen mit anderen Gästen auf dem Heimweg von Xenophon, nehme ich an. Die Musik war am Verklingen, aber sie hatten noch genug Wein im Blut, um ihnen auf dem Weg durch die stillen Straßen Athens die Zunge zu lösen, nach wie vor in angeregtem Diskurs um wichtige Dinge.

Lag Alexander mit seiner Armee in der Wüste? Wo war Geronimo vor hundert Jahren? Und was ging in dem Infanteristen vor, der 1944 eine französische Rainhecke entlangmarschierte? Übte Charlie Parker an einem 1. August Skalen in Es-Dur, hielt Gertrude Stein hof in Paris, zwirbelte Dali seinen Bart? Schrieb Swinburne an meinem Geburtstag irgendwo im kühlen England »Die Welt ist letzten Endes nicht schön«, während eine

Schwarze durch den Dunst über Alabama einer fernen Regenwolke entgegensah?

Mit einer Drehung in meinem Stuhl sah ich mir an, was mich umgab und stellte mir einen künftigen Archäologen vor, einen außerirdischen Klumpen purpurnen Protoplasmas vielleicht, wie er vorsichtig eine fünftausendjährige Kruste wegbürstet und sich Notizen über die Funde macht: »Computerkeyboard – primitive Methode der Dateneingabe.« »Gitarre – gut erhaltenes Beispiel der Instrumentenbauerkunst in der Mitte des 20. Jahrhunderts.« »Hefter – zum Verbinden von Papier vor der Erfindung der Laserheftung.« »Kamera – eines der letzten Modelle vor Einführung der tragbaren digitalen Bilderfassung.«

Als nächstes ging ich meine Liste von Todesarten durch, die ich mir nicht wünsche. Auf der steht zum Beispiel: »In einem Krankenhaus«. Und: »Durch einen 74er Cadillac vor einem Billigpreismarkt zu Beginn einer Schnäppchenwoche für Herrenunterwäsche.« Dann wandte ich mich den akzeptablen Todesarten zu: »An einem nebligen Morgen beim Aufstellen meines Stativs im Norden Iowas von einem Steilhang zu stürzen.« Oder: »Im afrikanischen Busch durch einen Speer in die Brust« (ersteres wäre vorzuziehen).

Außerdem fiel mir ein, daß Dschingis-Khans Armeen auf seinen eigenen Befehl hin seine Knochen nach seinem Tod mit in die Feldzüge schleppten, eine Art tragbare Gedenkstätte. Moderne Bestatter sprechen in so einem Fall von »rechtzeitiger Vorsorge«. Ich persönlich bin seit jeher der Meinung, daß der gute Khan damit denn doch leicht übertrieb, sozusagen länger unter den Seinen weilte, als denen lieb war.

Es machte Spaß, brachte mich aber meiner Situation nicht näher, als ich es am Ausgangspunkt gewesen war. Also legte ich mich ins Zeug, warf die Motoren des alten *corpus callosum* an und fing unter der langsamen Bewegung des Ventilators über mir bei Adam und Eva an. »Na schön«, sagte ich mir, »ich bin, um den Mond zu bemühen, beidseitig konvex, mehr als halb rund und weit entfernt von Taufkleid und Brust. Was ist daraus zu schließen? Was weiß und fühle ich demnach an einem Sommernachmittag nach dem halben Jahrhundert, das sich hinter mir erstreckt?«

Ontologen lassen mich auf ihrer Suche nach dem Sinn des Seins in der Regel rasch zurück, wenigstens in ihren Schriften. Ich nehme an, wie bei allen anderen Dingen dieser Art auch, hätte es geholfen, dabei zu sein, ich meine, im Café Flore mit Sartre, de Beauvoir und den anderen, wenn sie sich zusammensetzten, um sich den Grundlagen des Seins zu widmen.

Mir, für meinen Teil, genügt Wallers zweite Vermutung: Die Existenz nimmt nur Bedeutung an, wenn man ihr welche gibt, indem man sie mit Bedeutung erfüllt. Und wie erfüllt man sie mit Bedeutung? Indem man den fast geheimen Stimmen in sich lauscht, die einem in gewissen kritischen Augenblicken zuflüstern: »Das bin ich.«

In diesen Augenblicken ist es wichtig, sich bewußt zu werden, was man macht, und das dann öfter zu tun, am besten ein Leben lang. Ich denke, das hat wohl Joseph Campbell mit »seiner Seligkeit folgen« gemeint. Für den Fall, daß einem das etwas zu narzißtisch erscheint, etwas zu dünn und selbstbezogen: Ich glaube außerdem, daß zu einem mit Bedeutung erfüllten Leben auch die Sorge um Dinge über das eigene Ich hinaus gehört, einschließlich der Sorge um unsere Freunde, die Tiere, Flüsse, Bäume und andere Menschen.

Zwanzig Jahre habe ich nun folgenden Vers des bengalischen Dichters Rabindranath Tagore über dem Schreibtisch:

Das Lied, das zu singen ich kam, ist bis auf
den heutigen Tag nicht gesungen,
Ich habe meine Tage mit dem Aufziehen und
Abnehmen von Saiten verbracht.
Nie war der richtige Zeitpunkt, nie schienen
mir die Worte so recht zu stimmen;
Aber im Herzen trage ich den Schmerz
eines sehnlichen Verlangens danach.

Seit über zwanzig Jahren verfolgen mich diese Worte. Und wenn ich so herumkomme, habe ich den Eindruck, sie treffen auf eine ganze Reihe von Leuten zu. Ich habe Tagore heute mehr aus Tradition denn aus Notwendigkeit über dem Schreibtisch. Irgendwann um die Vierzig begann ich die Stimmung meines Instruments so langsam hinzubekommen, die Worte begannen sich zu fügen, die Melodien zu fließen. Eiskunstläufer müssen ihre Schulfiguren, eben die Grundlagen lernen. Mit dem Leben ist das genauso. Man muß die grundlegenden Figuren lernen, sie aus dem Effeff beherrschen, um sie unbewußt ausführen zu können.

Wenn es dazu kommt, wenn die Worte zu fließen beginnen und die Melodien Gestalt annehmen, ist damit die Sinnsuche zwar nicht zu Ende, aber das Leben gewinnt bereits an Bedeutung, noch während man es damit zu füllen versucht. Andere kommen vielleicht früher an diesen Punkt als ich. Viele dagegen schaffen es nie, und es ist dies eine der großen Tragödien unserer Zeit, das große Versagen unserer Kultur, denn weder unsere Religionen, noch unsere Schulen, noch die informelleren unserer gesellschaftlichen Strukturen geben uns die Werkzeuge für eine gewissenhafte Suche nach dem Sinn des gegenwärtigen Lebens an die Hand.

Wie man weiß, daß man es geschafft hat? Nun, man fühlt, daß man richtig liegt; ein Gefühl der Einheit stellt sich ein – als sei man mit einemmal ein Gobelin statt einer Ansammlung verworrener Fäden. Das Weben besorgt man selbst, und das – fast – ohne Mühe. Ich persönlich bin der Ansicht, daß die Jagd nach Trivialem, das gierige Anhäufen materieller Güter, das in unserer Gesellschaft so hoch bewertet wird, diese Suche hintertreibt und der Arbeit des Webers im Wege steht; meiner Ansicht nach sind die Künste das wesentliche Vehikel dafür, diese Suche sowohl durchsichtiger zu gestalten als auch zu beschleunigen. Aber das ist eine andere Geschichte für ein andermal.

An irgendeinem Punkt muß man sich einer ebenso unumstößlichen wie wesentlichen Tatsache stellen: Man entdeckt, daß das, worin man gut ist, sich nicht unbedingt mit dem deckt, was man mag. Was immer ich mir an Weisheit angeeignet haben mag, ich verdanke das meiste davon eher ungewöhnlichen Dingen. Da ist etwa *The Gig*, ein obskurer Film über Musiker. Ein Profi erster Güte unterhält sich mit einem, der sich nichts sehnlicher wünscht, als ebenfalls Profi zu sein, es aber ganz offensichtlich nicht bringt. Der Profi hat das Gegreine, das servile Gebettel des Amateurs, in seiner Band spielen zu dürfen, schließlich satt und sagt: »Mit der Musik ist das anders als mit der Religion – Hingabe allein genügt bei uns nicht.« Und da haben Sie's. Es ist gut, das zu wissen.

Dann wäre da noch das Problem des Entrümpelns. Wie eine gute Komposition, egal welcher Art, bedarf die Bewältigung des Lebens einer gewissen Eleganz des Lebensstils, und das nicht etwa im Sinne von modischen Narreteien, nein, sondern vielmehr im Sinne einer Überlegung, was man zugunsten größerer Einfachheit ablegen kann. Ich behaupte, auf dieser von uns geschaffenen Welt besteht eine Verschwörung, uns die Zeit zu stehlen; es ist also wichtig, sich so vieler Hindernisse zu entledigen wie nur möglich, einschließlich des Rasenmähens und exzessiver Haushaltsführung. Ein Schild, das meine Frau vor langer Zeit schon aufgehängt hat, sagt das sehr schön: »Heute gehört der Liebe, morgen dem Staub.«

Selbst eine Spur Ungeselligkeit hilft. Einer meiner Freunde zitiert gern etwas, was ich vor Jahren einmal über meinen Widerwillen gesagt habe, Anlässen Folge zu leisten, deren Wert mir nicht aufgehen will:

»Man hat zwar weniger Leute auf der Beerdigung, aber dafür mehr Zeit zum Lesen.« Es wimmelt auf dieser Welt nur so von Kraken, die einem das Leben wegzufressen versuchen, es ist wichtig, sie zu entdecken und unschädlich zu machen.

Dann sind da noch die, denen Quantität alles ist: Leute, die in einem den Wunsch nach dem ewigen Leben zu wecken suchen. Auch sie gilt es im Auge zu behalten. Ich spreche hier nicht von Dingen, die einem der gesunde Menschenverstand über Ernährung und persönliche Gewohnheiten sagt. Ich spreche hier von denen, die etwas gegen Flieger haben und alles tun, um ihnen Startverbot zu erteilen. Überall sind sie mit erhobenem Zeigefinger dabei und zirpen einem ihre Ratschläge ins Ohr: »Lang nicht ins Wasser.« »Halt deinen Hausschlüssel fest.« »Bleib von der Straße weg.« Es gibt Leute, die sehen sich von Drachen umgeben. Meiden Sie die, und treten Sie gegen die Drachen an, wenn sie Ihnen begegnen.

Wenn Sie das Gefühl haben, Sie sind auf dem Wege zur Ganzheit, dann ist es auch durchaus in Ordnung, Machtpositionen zu akzeptieren, nicht aber zuvor. Das erste Problem in unserem Land, ja überall auf der Welt, ist, daß unsere Geschäfte größtenteils von inkompetenten Leuten geführt werden. Die meisten von ihnen haben ihr Leben mit der Suche nach Macht anstatt nach sich selbst zugebracht.

Als Folge davon sehen wir uns mit dem grotesken Spektakel konfrontiert, für Kindsköpfe zu arbeiten: unreife kleine Generäle mit aufgeblasenen Egos, deren Verständnis für die Sinnsuche dem primitivster Organismen gleicht und die nichts weiter tun, als sich vom Leben und den Gefühlen anderer zu ernähren; sie schmatzen sie weg wie passierte Pfirsiche und kichern sich ins Fäustchen, während sie ihre Fingerhutspielchen mit dem Schicksal ihrer Mitmenschen spielen.

Darüber hinaus ist es wichtig, so glaube ich, sich irgendwann dem abscheulichen Thema der Sterblichkeit zu stellen. Alles hat ein Ende, auch das Leben, das ist unvermeidlich. Als Kinder bekommen wir nach und nach eine Vorstellung davon, mehr durch äußere Ereignisse freilich als durch Innenschau. Ein Großvater stirbt, man ist elf, und zunächst erscheint es einem unfaßbar.

Aber dann im Beerdigungsinstitut die feierlich gesenkten Stimmen. Der alte Mann, der einem vor allem ein Freund war, liegt schweigend da. Und da kommt es einem dann, vielleicht zum erstenmal, daß nicht alles unendlich ist. Das erste, was einem den Verlust nahebringt, ist das Ausbleiben von Eis am Sonntagvormittag und die tolldreisten Lügen, mit denen er die Geschichten aus seiner Cowboyzeit ausgeschmückt hat. Der zweite Eindruck ist nachhaltiger: Wir sind nicht ewig.

So beginnt man dann die Sterblichkeit zu verstehen, wenn auch nur dunkel und in der vagen Sicherheit, daß sie nur für andere da ist. Mit zweiundzwanzig jedoch machte ich etwas durch, was ich meine »Sterblichkeitskrise« nenne. Ein halbes Jahr lang lag ich, wie unter Zwang, nachts wach und sondierte in dem Versuch, meinen Frieden mit der Flüchtigkeit des Daseins zu machen, die Grenzen meiner Physiologie. Schwitzend lag ich in der Dunkelheit und zerbrach mir den Kopf, halb tot vor Angst bei der Aussicht auf meinen Tod. Diese Zeit war eine Qual, aber letztlich heilsam, wie ich glaube, da ich zu dem Schluß kam, daß wir beide, die Zeit und ich, besser wachsame Verbündete waren als Gegner.

Dann hat man mit einemmal alles mögliche um die Ohren, und die Ängste treten im Trubel des Alltags in den Hintergrund. Die Natur tut das ihre. Der Prozeß des Alterns hat im Grunde etwas Freundliches. Von unvorhersehbaren Katastrophen wie Mord, Krieg oder plötzlichen Krankheiten abgesehen gewährt man uns die Gnade der Allmählichkeit. Stellen Sie sich – nur einen Augenblick lang – vor, wir fühlten und sähen mit fünfzig genauso aus wie mit zwanzig. Und stellen Sie sich weiter vor, an unserem Fünfzigsten nähmen wir schlagartig Erscheinung und Konstitution eines Neunzigjährigen an. Psychologisch kämen wir damit nicht klar. Wir haben gnädigerweise Zeit, uns anzupassen (und übrigens, ich meine das nicht abwertend im Bezug auf das Aussehen alter Leute, ich spreche lediglich von der Veränderung an sich).

Zu Hause vor dem Spiegel in meinem Bad geht das wie eben beschrieben. Ich sehe mich jeden Morgen. Die Veränderungen von einem Tag auf den nächsten sind nicht wahrnehmbar. Aber es gibt auch andere Spiegel.

Während der letzten zehn Jahre habe ich jeden Juni in einem Fortbildungsprogramm für leitende Angestellte an der Universität Richmond unterrichtet. Dazu quartierte man mich immer zusammen mit den Teilnehmern im Studentenheim ein. Die Zimmer dort gleichen einander wie ein Ei dem anderen, so daß ich, selbst wenn ich nicht stets dasselbe bekomme, doch die Illusion habe, es sei das vom vergangenen Jahr.

Daraus ergibt sich eine Art Fixpunkt. Jedes Jahr, wenn ich mir den Schaum aus dem Gesicht schabe, kann ich sehen, was zwölf Monate mit mir angestellt haben. Damit ist dieses alljährliche Erlebnis zugegebenermaßen mit einem gewissen Trauma verbunden. Und dennoch freue ich mich verdrehterweise darauf – ganz so, als sei mir ein weiterer Blick auf ein unversöhnliches Chronometer vergönnt, das meine Fortschritte mißt und mir ebenso schroff wie wahrheitsgemäß Auskunft darüber gibt.

So wundere ich mich dann jeden Juni aufs neue über die Fähigkeit des Menschen, mit der Gewißheit seines eigenen Todes fertigzuwerden, die

Fähigkeit, noch im Leben seinen eigenen Nachruf zu schreiben. Daß wir unser eigenes Ableben verstehen können und nicht unablässig in Raserei durch die Gegend laufen bei dem Gedanken daran, ist Teil unseres Zaubers, ein eingebauter Mechanismus von ungeheurer Kraft, der uns vor dem Wahnsinn bewahrt.

Aber die Grenzen sind klar. Sie sind streng umrissen und unabwendbar, und ich sehe sie näherkommen. Und besonders deutlich sehe ich sie an jenen Sommermorgen in den Spiegeln von Richmond.

Doch es gibt Stimmen, entlang der Flüsse, unterwegs, die zu mir sprechen. Mit einer gehörigen Schelte treten sie dem momentanen Tief entgegen, das mich angesichts dieser fernen und ehrlichen Spiegel befällt: »Sattel dein Pferd, *caballero*, und hör auf zu heulen.« Und natürlich haben sie recht. Als Odysseus rief: »Nichts ist kummervoller, als unstet leben und flüchtig!« stimmte zwar die Metapher, nicht aber die physische Realität. Es gibt Dinge, die ich noch nicht gehört habe, Yaqui-Trommeln in den Trockentälern mexikanischer Hochebenen etwa, Schiffsmotoren nördlich von Kairo. Es gibt Strände, die man bei Sonnenuntergang noch nackt entlanglaufen kann, und selbst Visionen innerhalb eines Meters von meinem Garten, die ich noch nicht durch die Linse meiner Nikon gesehen habe.

Ich habe das letzte Postschiff den Missouri hinunter versäumt. Es verließ den Pier von Fort Lewis,

Montana, im Jahre 1890. Wie ich mir wünschte, mitgefahren zu sein und Orte mit Namen wie Malta Bend passiert zu haben, nur um das Gefühl von Geschichte und Veränderung zu erfahren, das sich auf den Decks gedrängt haben muß. Aber es gibt andere Schiffe. Zum Beispiel arabische Dhaus mit safranfarbenen Segeln. Sie bewegen sich über die Wasser des Indischen Ozeans, und ich habe die Absicht, mich auf einem davon den Somalistrom entlangtreiben zu lassen.

Die Stimmen des Flusses erinnern mich daran: weder Chemiker noch Alchimisten können mich retten. Aber sie sagen mir auch, daß es durchaus in Ordnung ist, sich – in Kiplings Worten – an »Die Nacht« zu erinnern, »in der wir die Walhalla stürmten, vor einer Million Jahren«, daß es durchaus zulässig ist, bittersüße Klagen auf den Tod eines melancholischen Herbstes anzustimmen, nur stehenbleiben sollte man dabei nicht. Im süßen Kummer der Erinnerung gewinnt die Zeit nämlich eine ganz andere Qualität. Aus dem Verbündeten wird der legendäre Bandit, der einem die Frau stiehlt, die Leidenschaft und dann den Abendzug nimmt.

So beruhigt mich die Stimme denn. Und mir fällt ein, daß der größte Teil dessen, was ich an Gutem und Wahrem, an Dauerndem weiß, nicht von Gelehrten kommt, sondern von Minnesängern, Zigeunern, Feuerschluckern, Zauberern und deren Magie. Es stammt von Fahrensleuten, die den Flüssen gefolgt sind und mir ihre alten Geschichten erzählten, mir ihre alten Warnungen sangen von jungen Frauen, die durch Spätnachmittage ins Feuer tanzen und von denen am nächsten Morgen nichts weiter als ein Fußabdruck bleibt.

Durch aufmerksames Zuhören habe ich gelernt, daß man Gemütsruhe nicht mit Lauheit bezahlen muß. Ich weiß, daß ich noch mehr vor mir habe als Billigflüge und Shuffleboard spielen* oder eine Eigentumswohnung am Rande eines Golfplatzes in Scottsdale. Und falls es keinem was ausmacht, so überspringe ich die Midlife-crisis mit Sonnenstudio, Goldkettchen und Porsche.

Statt dessen schnüre ich meine zwölf Jahre alten Red Wings, lade meine Kameras, ziehe meiner 57er Martin Flattop neue Saiten auf und mache mich bereit, zu den Silberreihern zu ziehen. Wie ein alter Surfer sehe ich schon die nächste Welle. Sie sieht gerade richtig aus. Sie scheint mir die Mühe wert.

[Erstveröffentlichung im *Des Moines Register* am 3. Dezember 1989]

---

* Spiel, bei dem auf einem länglichen Spielfeld Scheiben mit langen Holzstöcken möglichst genau von der Startlinie in das gegenüberliegende Zielfeld geschoben werden müssen (A.d.R.)

Ich bin Orange Band

Der Gedanke verfolgt mich, kommt mir zu den merkwürdigsten Zeiten, unmöglich zu sagen, wann. Beim Gitarrespielen, beim Lesen oder einfach am Steuer meines Wagens. Ganz plötzlich denke ich an einen Burschen namens Orange Band. Ich kenne ihn noch nicht mal persönlich und werde das auch nicht mehr nachholen können.

Seinen Namen verdankt er einem kleinen Plastikring am Bein. Erst dachte ich, er hätte was Besseres verdient. Lateinisch hieß er *Ammodramus nigrescens*, aber das schien mir zu wissenschaftlich und kalt, klang mir zu sehr nach Spezies – so wie ich *Homo sapiens* bin. Was er bräuchte, so dachte ich, wäre ein Name, der in einem Wort oder zweien etwas über seine einzigartige Stellung im Entwurf aller Dinge aussagt. Etwas, was ihn als den letzten seiner Art ausweist und kurz und bündig die Isoliertheit seiner Existenz greifbar macht. Ein Name, der irgendwie die unendliche Einsamkeit reflektiert, die mit einer so absoluten Einmaligkeit einhergehen muß. Ich meine, der Bursche war immerhin vollkommen und unwiderruflich allein.

Letzten Endes freilich kam ich dann doch zu dem Schluß, daß Orange Band durchaus paßte. Unscheinbar wie er war, aber ein ganzer Kerl, stand ihm der Name gut zu Gesicht. Um so passender ist die Schlichtheit eines solchen Namens, wenn man der einzige verbleibende Graue Strandammer und keiner mehr da ist, der einem zurufen kann. Wäre ich der letzte *Homo sapiens*, ich denke, ich hätte nichts gegen den Namen. Ich würde mich hinsetzen, mit dem Rücken an ein Granitgesims, vor mir ein Fluß, in der Ferne die blaue Dämmerung, und dann sagen: »Ich bin Orange Band.« Und dann auf die Worte lauschen, wenn sie durch Gras und Bäume zu mir zurückfänden.

Wie mißt man Einsamkeit? Hat der angelegte Maßstab auch nur das geringste mit der verbleibenden Zahl einer Spezies zu tun, dann war Orange Band einsam. Und das war nicht immer so. Die »Duskies«, eine Subspezies der Strandammer, gehörten einmal zum selbstverständlichen Erscheinungsbild der Sümpfe um Merritt Island in Florida. Sie waren fünfzehn Zentimeter lang, hatten einen dunklen, graubraunen Kopf, eine Art gelbe Braue zur Nase hin, eine schwarze Strichelung auf Brust und Bauch und einen kehligen Ruf, ähnlich dem des Rotschwanzstärlings.

Das war, bevor uns, mit langsam himmelwärts gehendem Blick, ein andächtig gemurmeltes »Weltraum« über die Lippen kam. Abgesehen von den Berechnungen und Apparaturen, die uns dorthin bringen sollten, hatten wir nämlich ein schlimmes Problem: die Moskitos, die das Kennedy Space Center plagten. Aus Gründen, die nur jene kennen, auf deren Mist so etwas wächst, schien die Überflutung der Marschen um Merritt Island die Antwort auf die Stechmückenplage. Als das Wasser stieg, nahm es die Nester der Strandammer mit.

Es gab einen – nur einen einzigen – anderen Ort, an dem die Duskies sonst noch lebten. Auf den Druck der Naturschützer hin gab sich die Bundesregierung einen Ruck und kaufte für etwas über zwei Millionen Dollar fünfundzwanzig Hektar am St. John's River. Dort lebten noch zweitausend der kleinen Sänger. Aber dann kamen die Straßen. Die kommen immer. Sie kommen, um mehr Leute heranzuschaffen, die dann wieder mehr Straßen brauchen, die mehr Leute heranschaffen, die wieder mehr Straßen brauchen. Die Sumpfgebiete wurden trockengelegt, das Feuer raste über das trockene Gras der Brutgebiete. Den Rest erledigten Pestizide.

1979 schließlich waren am Fluß nur noch sechs der dunklen Strandammern zu finden. Fünf davon wurden gefangen. Darunter war nicht ein Weibchen. Die letzten Weibchen hatte man 1975 gesehen.

In der Ausgabe vom 31. August 1981 nahm schließlich, wie es sich gehört, die *New York Times* Notiz von dem Problem und titelte: »Fünf Ammermännchen pfeifen nach einem Weibchen zwecks Erhaltung der Art«. Und direkt unter dem Artikel fand sich, in jenem flüchtigen Nebeneinander, für das Zeitungslayouts zuweilen so sorgen, eine Anzeige für eine Schickimicki-Boutique namens Breakaway. Der Text über dem Foto einer elegant ausstaffierten Frau lautete folgendermaßen:

> *Sie lieben Spontaneität.*
> *Sie nehmen das Leben, wie es kommt.*
> *Wir haben das I-Tüpfelchen*
> *für Ihren dynamischen Lebensstil:*
>
> *Unsere natürliche Silberfuchsjacke.*
> *Sparen Sie jetzt, zum Labor Day, $ 1000*
> *Statt sonst $ 3990, jetzt $ 2990*

In den Sümpfen Floridas war derweil mit Spontaneität nichts zu machen. Auch nicht mit einem dynamischen Lebensstil. Die fünf Ammermännchen kamen auf die »Entdeckerinsel« in Disney World, wo man Ihnen die Pension so bequem wie möglich zu machen versuchte. Orange Band war zirka acht Jahre alt.

So kam es, daß unweit der Stelle, von der aus wir in fremde Welten starten, ein ganz anderer Countdown begann. 1985 waren nur noch drei der kleinen Männchen übrig. Im September des Jahres starb ein weiteres. Wieder eines am 31. März 1986. Damit war Orange Band also allein.

Hin und wieder mußte ich an ihn denken: Orange Band, allein in einem Käfig. Der letzte Angehörige der seltensten Art, die der Mensch in diesem Augenblick kannte. Er erblindete auf einem

Auge, wurde alt für eine Ammer und hielt trotzdem zäh durch – man hätte meinen mögen, er wüßte, daß seine einzige Aufgabe darin bestand, die Art so lange wie nur möglich zu erhalten. Ich habe mich gefragt, ob er sich wohl seine Überlegungen dazu machte, ob er traurig war oder von panischer Angst erfüllt beim Gedanken an seine Einzigkeit. Mit Sicherheit war er einsam. Charles Cook, der Direktor des Zoos, gab regelmäßig Bulletins heraus: »Soweit wir sagen können, scheint es ihm für so einen kleinen Vogel ganz gut zu gehen.«

Trotzdem trat das Unvermeidliche ein. Am 18. Juni 1987 hieß es in der *Washington Post*: »Graue Strandammer, ade.« Orange Band, auf einem Auge blind, alt und allein, war nicht mehr. Er starb am 17. Juni, allein, weder Mensch noch Tier war bei ihm.

Aber an dem Tag, an dem Orange Band starb, ging ein kleiner Laut durch das Universum. Gerade noch hörbar, und auch nur für den, der ihn erwartete und darauf lauschte. Es war ein leiser Schrei, der letzte, der aus einem Käfig in Florida aufstieg, über intergalaktische Straßen zischte, an der ausgebrannten Stufe einer alten Rakete vorbei, die auf ewig die Erde umkreist. Aber wenn man genau hinhörte, dann bekam man die Worte mit... »Ich bin nicht mehr.«

Ausgestorben. Ein Wort wie ein Hammerschlag auf kaltem Stahl. Und Tag für Tag saust dieser Hammer nieder, wenn wieder eine Art der menschlichen Betriebsamkeit zum Opfer fällt. Und das etwa mit dem Vierhundertfachen der Geschwindigkeit, mit der die Natur Arten aussterben läßt. Nach Norman Meyers Berechnung verschwinden die Arten zum Ende dieses Jahrhunderts mit einer Rate von hundert pro Tag.

In einem offenen Verstoß gegen die Beschlüsse der internationalen Walfang-Kommission schlachten Japan und Island weiterhin Wale ab – unter dem Deckmantel »wissenschaftlicher Forschung«. In Wirklichkeit geht es darum, den unerschöpflichen Appetit der Japaner auf Walfleisch zu stillen. Der Kalifornische Kondor lebt nur noch im Käfig.* Es gibt kaum noch zwanzig Schwarzfußiltisse. Die Zahl der Berggorillas ist auf unter 450 gesunken. Die Dunkelente steckt in ernsthaften Schwierigkeiten; wie groß diese sind, kann man nicht so recht sagen. Die Thunfischflotte im Pazifik hat während der letzten dreißig Jahre versehentlich sechs Millionen Delphine getötet. Und ist Ihnen schon aufgefallen, wie rar sich in Iowa die Singvögel machen?

Die Zahl steigt Jahr für Jahr. Um die elfhundert Pflanzen und Tiere stehen derzeit bei uns auf der Roten Liste der gefährdeten und vom Aussterben bedrohten Arten, aber niemand weiß, wie lang diese Liste wirklich sein sollte. Das hat seinen Grund darin, daß die Wissenschaft noch nicht genau ermittelt hat, wie viele Arten genau es eigentlich gibt, und ihre Identifizierung auf absehbare

* Bis 1993 wurden wieder einige ausgesetzt.

Zeit auch nicht abgeschlossen sein wird. Durch den Kahlschlag tropischer Regenwälder überall in der Welt könnte die Zahl gut und gern astronomisch sein. Wir verlieren gegenwärtig 200 000 Quadratkilometer Wald pro Jahr, und einigen Schätzungen zufolge liegt die Zahl der noch unbekannten Arten allein in den tropischen Regenwäldern bei einer Million.

Aber wir drängen weiter. Mit Straßen, Giftmüll, Geländefahrzeugen, saurem Regen und der Begradigung hübscher Flüßchen, Hauptsache, wir haben wieder ein paar Hektar mehr, um Überschußernten einzufahren. Im Namen des Fortschritts und einer sogenannten Entwicklung drängen wir weiter, und wir tun uns zehnmal schwerer bei der Definition dessen, worum es uns eigentlich geht. Vermutlich ist sie zu beängstigend, um darüber nachzudenken, denn die Antwort lautet bei unserem gegenwärtigen Kurs womöglich nicht anders als *mehr, mehr und nochmals mehr.*

Mehr wovon? Nichts Speziellem. Einfach mehr. Wir brauchen mehr, immer mehr, denn hörten wir damit auf, hätten wir plötzlich weniger von diesem unspezifizierten Nichts.

Also plustert sich der brave Bürger lieber über das Blutgeld beim Boxen auf, macht sich albernerweise Gedanken über die richtige Art, ein Weinglas zu halten, und tuschelt atemlos über die skandalöse Aufmachung, in der Cher zur Oscarverleihung erscheint. Und Tag für Tag fällt der Hammer. Tag für Tag dringt ein weiterer leiser Schrei ins All,

langsam, in einem endlosen Bogen. Und manchmal sitze ich mit dem Rücken an ein Granitgesims
gelehnt, einen Fluß vor mir, in der Ferne die blaue
Dämmerung, und sage: »Ich bin Orange Band.«
Dann lausche ich auf die Worte, die durch Gras
und Bäume zu mir zurückfinden – allein.

[Erstveröffentlichung im *Des Moines Register*
am 31. Juli 1988]

Trinkkultur à la New York

Da richte ich mich eben in meinen mittleren Jahren ein, überzeugt, mir in mehreren Jahrzehnten des Reisens und überhaupt ein gewisses Savoir-vivre angeeignet zu haben, da tritt Diane Roupe auf den Plan und sagt mir, da hätte ich aber noch ein ganz hübsches Stück vor mir. In jener spritzig-informativen Manier, die Gesellschaftsspalten so an sich haben, brachte der *Des Moines Register* am 29. Juni 1988 einen Artikel, in dem es unter anderem darum ging, wie ein Weinglas zu halten sei.

Allem Anschein nach kam Ms. Roupe, ehedem aus Des Moines, jüngst jedoch aus New York, in Erwartung, wie es in dem Artikel hieß, gewisser »beruflicher Entwicklungen« in ihre Heimat zurück. Während sie so erwartete, fiel ihr auf, daß der Iowaner Schwierigkeiten mit der Handhabung seines Weinglases zu haben scheint, und beschloß, ihm auf die Sprünge zu helfen.

Und, wie ich vorab gestehe, es war ein Schock. Da saß ich um sechs Uhr morgens, trank in Erwartung gewisser beruflicher Entwicklungen meinen Kaffee und knabberte an der Qual der Wahl – mein schmutziges blaues Leinenhemd oder das T-Shirt mit dem Schweinsaugenwitz –, als ich auf das Interview mit Ms. Roupe stieß. Völlig erschlagen über derart eklatante Mängel in meinem Benimm unter feinen Leuten, lese ich den Artikel fast schon mit Ehrfurcht. Ach was, mehr noch, ich war von ihren Worten gebannt.

Hinterher schloß ich mich auf der Stelle mit Stanley Walk von der Sportsman's Lounge in St. Ansgar kurz, um zu hören, ob er die Anweisungen a) gelesen und b) auch verstanden hatte. Er schlug eben ein Loch durch die Wand des Etablissements, das ihm zusammen mit Allen Kruger gehört, und hatte entsprechende Schwierigkeiten, mich über die Strippe zu hören. Wie sich herausstellt, hat er den Artikel jedoch glatt übersehen und bedrängt mich sofort, ihm im Interesse seiner Kundschaft die wesentlichen Gedanken daraus zu wiederholen. Seine Bitte und mein nimmermüder Wunsch, das Los aller Iowaner zu bessern, zwingen mich, hier das Wesentliche von Ms. Roupes Weisheit wiederzugeben. Und jetzt passen Sie auf, es wird kompliziert.

AUF KEINEN FALL legen Sie zwei Finger und den Daumen an den Kelch des Weinglases, so daß die äußeren beiden Finger den Stiel zu halten bekommen. Das war mal schnieke, ist es aber nicht mehr. Es handelt sich dabei um die Dietrich-Wiege, nach Marlene, und die IST DEFINITIV OUT.

LEGEN SIE vier Finger an eine Seite des Stiels, den Daumen an die andere (gestatten Sie Ihrem Daumen auf keinen Fall die Berührung des Stils länger als fünf Sekunden zu unterbrechen). Dieser Griff beugt einem vorzeitigen Erwärmen des Weins durch Ihre Hände vor und bietet, laut Ms. Roupe, einen sicheren Halt. Es handelt sich hier um die distinguierte New Yorker Zwinge, von führenden Autoritäten daselbst empfohlen, und SIE IST IN.

Ich weiß, es ist schwer, sich zu ändern. Ich habe anfangs ja selbst gestöhnt. Daß mit alten Gewohnheiten schwer zu brechen ist, weiß jedes Kind. Ich für meinen Teil habe mir, was das Trinken anbelangt, meine Fertigkeiten schon in jungen Jahren bei Typen wie Red, Corny, Zip und Lefty in meiner Heimatstadt abgeguckt. Die setzten, durch die altbewährte Methode des Beispiels, die Standards in Sachen Etikette für den Konsum von Geistigem aus diversen Behältnissen; unterrichtet wurde ich in den Bowlingbahnen und Schenken von Rockford. Hin und wieder waren sie so freundlich, ihre Demonstrationen auf offener Straße zu geben, für gewöhnlich am Samstag abend. Es bedurfte nur minimaler Überredungskunst, um Lefty und Konsorten zu einer Einführung in die fortgeschritteneren Techniken zu bewegen, als da wären die mustergültige Handhabung der Literflasche oder gar des Gallonenkrugs.

Und dennoch läßt sich eine Revision unseres Trinkverhaltens, wie Diane Roupe uns versichert, schlicht nicht umgehen. Sie schafft es sogar, den neuen und – zugegeben schwierigen Glasgriff mit der wirtschaftlichen Entwicklung in Verbindung zu bringen. Ihr durchaus vernünftiger Schluß lautet folgendermaßen: Die Industrie bevorzugt Standorte mit Niveau; der Iowaner wird als Mensch von Niveau betrachtet, wenn er sein Weinglas zu halten versteht, ergo etc., etc. Mit anderen Worten, da könnt ihr lange warten, daß diese dämlichen Firmen sich hier ansiedeln, wenn ihr nicht endlich eure Umgangsformen auf Vordermann bringt.

Angesichts einer solchen Logik ist der Fall so gut wie erledigt, die rasche Übernahme des neuen Griffs durch jeden rechtdenkenden Iowaner gesichert. Erinnern Sie sich noch an »You Bet Your Life«, die Quizshow von Groucho Marx? An die Ente, die von der Decke kam, wann immer die Leute das Zauberwort sagten? Die Kandidaten bekamen einen Bonus dafür. Sagen Sie »wirtschaftliche Entwicklung in Iowa«, und die Ente purzelt wie der Wert von Ackerland nach einer wüsten Spekulationsphase. Auf den Universitäten kapierte man das auf der Stelle.

Augenblick noch! Es kommt noch mehr. Bier und Highballs sind out; sie in einem guten Restaurant zu bestellen weist Sie in New York, laut Ms. Roupe, definitiv als Auswärtigen aus. Hiermit habe ich allerdings meine Probleme. Wenn ein Brooklyner Taxikutscher ins Café Carlyle geht, um Bobby Short zu hören, und sich dort ein »Papst« bringen läßt, heißt das, er ist kein New Yorker?

Es gibt noch mehr, was einen in New York als

Provinzler entlarvt, aber darüber läßt Ms. Roupe sich nicht aus. Da sie schon mal der Meinung ist, Leute aus Iowa seien ganz versessen darauf, in Sachen Manieren New York zu kopieren, hier noch einige Verhaltensrichtlinien für Ihren Besuch im Big Apple. Kennen Sie zum Beispiel Namen und Lage sämtlicher Bundesstaaten und haben einigermaßen eine Ahnung davon, was dort so passiert, erkennt man vom Fleck weg, daß Sie kein kultivierter New Yorker sind. Das gilt vor allem, wenn Sie wissen, daß man in Idaho Kartoffeln anbaut. Also, Vorsicht.

Noch ein Beispiel. Sie werden nicht als New Yorker durchgehen, wenn Sie eine Abneigung gegen Styroporstücke auf gelber Pappe haben, wie man sie für 27542 Dollar in Galerien bekommt. Seien Sie auch vorsichtig mit Ihrer Kritik kitschiger Fotografien im Art-deco-Stil, vorzugsweise langweiliger Porträts gelangweilter Vorstadtpaare vor ihren noch gelangweilteren Swimmingpools. Sehen Sie zu, daß Ihnen die gefallen, sonst sind Sie OUT.

Na schön, ich nehme Sie ein bißchen auf den Arm. Wir sind uns alle einig, daß der Iowaner gesellschaftlich nicht so poliert ist, wie er sein könnte, und dann gibt es noch ernsthafte Fragen, die in besagtem Artikel gar nicht zur Sprache kommen. Hier eine, wenn auch unvollständige Liste von Dilemmas, für die Ms. Roupe, wie ich hoffe, in künftigen Interviews Antworten hat:

Geht es in Ordnung, sein Weinglas auf Kopf oder Nase zu balancieren? Oder ist das nur zum Ende eines Weltkriegs erlaubt?

Warum gibt es in manchen Restaurants zwei Weinkarten, eine in Leder und eine in Plastik?

Will man sein Glas parallel zum Hosenbein halten, wie ist der korrekte Griff?

Wie hält man sein Glas einwandfrei, wenn man seinen Wein lieber bei Körpertemperatur trinkt?

Ich brauche bloß »Ich krieg 'n Bud« zu sagen, und schon reißen mir New Yorker Kellner das Weinglas vom Tisch und kümmern sich um jeden Gast mehr als um mich. Warum?

In Iowa trinkt man seinen Wein knapp über dem Gefrierpunkt. Hat das Auswirkungen auf die korrekte Haltung des Glases?

Wie sieht's denn mit Champagnergläsern aus Plastik aus, Sie wissen schon, die Dinger, deren Stiel immer abgeht? Was ist hier zu tun?

Warum legen mir Kellner immer wieder die Gabel über den Teller, im rechten Winkel zum restlichen Besteck? Soll ich denen das Trinkgeld verweigern oder einfach kichernd mit dem Finger drauf deuten?

Wieso kriege ich nicht mehr Kilometer aus meinem Tank?

Nun, es ist offensichtlich, daß sich für den *Register* hier neue Welten auftun. Um die Fotografin Galen Rowell zu paraphrasieren, viele Iowaner kommen, sehen und schauen sich die Augen aus. Wir brauchen Anweisungen, während wir schauen, damit man uns auf keinen Fall für Iowaner hält, wenn wir uns in New York in die fescheren Kreise wagen. Daß es nie zu einer solchen Verwechslung und ihren Auswirkungen auf die wirtschaftliche Entwicklung kommt, da helfe uns Gott. Und so werden wir Ratlosen weiterhin in unsere Zeitung sehen, in der Diktatoren des guten Geschmacks uns so vorbildliches Verhalten beibringen. Der nächste Artikel der Reihe wird sich damit beschäftigen, wie man beim Tennis die Punkte zählt.

Ach ja, im Zuge dieser neuen Bewegung Iowas in Richtung Schick werden Messieurs Walk und Kruger am 1. August in der Sportsman's Lounge ihren ersten Kurs im Halten von Weingläsern geben (Gläser sind von den Teilnehmern selbst mitzubringen, vorzugsweise gespült). Ich rate anderen Etablissements, die an der Zukunft Iowas teilhaben wollen, ebenfalls an derartige Kurse zu denken. Die Ente fällt.

Ich denke, ich mache hier Schluß. Gemeinheiten über solchen Unsinn zu schreiben, das ist in etwa, als würde man Guppys auf Sperrholz nageln, um ihnen dann eins mit dem Fäustel überzuziehen.

Tut mir leid, so offen zu sein, Ms. Roupe, aber ich habe noch anderes zu tun. Sehen Sie, im Sudan sterben Kinder an Hunger und Krankheit. Dann wäre da noch der saure Regen, die Wasserverschmutzung, Bodenerosion, Tierquälerei, Kindesmißbrauch, Drogen, Giftmüll und die Abholzung des Regenwalds. Ganz zu schweigen davon, daß ich noch Studenten zu unterrichten habe. Im übrigen, haben die Araber sich erst mal zusammengerauft, gehört New York sowieso der Vergangenheit an.

Mir macht da jedoch noch ein Gedanke zu schaffen. Ich versuche ihn zu verdrängen, kann aber nicht. In einer Welt, die so wenig auf die Dinge achtet, die wirklich zählen sollten, und sich statt dessen auf die triviale Definition von Kultiviertheit konzentriert, muß ich eines zugeben: In so einer Welt hat Diane Roupe wahrscheinlich recht. Und Gott stehe uns bei.

[Erstveröffentlichung im *Des Moines Register* am 8. Juli 1988]

Harriet Smith auf Cedar Key,
oder:
Die Liebe zu Vögeln
und der Haß auf Plastik

Als Harriet Smith ihren Chef wissen ließ, daß sie kündigen, nach Florida ziehen und einen Roman schreiben wolle, schlug er ihr drei Monate bezahlten Urlaub und psychiatrische Hilfe vor. Nach heutigen Maßstäben war seine Reaktion verständlich. Harriet verkaufte jährlich für fünf Millionen Dollar Computer in die Chefetagen der Industrie. Sie war die Personifikation dessen, was sich die moderne Frau angeblich heute erträumt: sich in einem prestigeträchtigen Wirtschaftszweig durchzubeißen und rasch nach oben zu kommen.

Sechs Jahre ist das nun her. Harriet wollte weder bezahlten Urlaub noch psychiatrische Hilfe. Sie wollte schlicht frei sein. Also schmiß sie alles hin, verkaufte so gut wie alles, was sie so hatte, lud ihren zehnjährigen Sohn in ein Wohnmobil und verließ New Hampshire in Richtung Süden. Sie legte dabei ein ordentliches Tempo vor, immerhin handelte es sich um die Flucht aus einer Welt, in der man die Zeit nach Nanosekunden mißt und den Wert eines Menschen nach seinen Abschlüssen und dem Knistern von Schecks.

Jetzt ist gerade später Nachmittag an der Golfküste Floridas, das lange Sumpfgras hinter ihrem Haus bekommt im schwindenden Licht einen weichen gelbgrünen Ton. Einige Meter weiter, in Harriets Hort für Meeresvögel, flattern in einer riesigen Voliere braune Pelikane, die sich dort von diversen Verletzungen erholen. Harriet Smith beugt sich vor, legt das Kinn auf die Hände und sagt: »Ich möchte den Leuten die Köpfe öffnen und ihnen das eine oder andere eintrichtern.«

Sie brauchte ein Weilchen, um sich selbst zu finden und diese 2000 Quadratmeter im Buschland von Florida. Drei Jahre durchwanderte sie Florida, erst die Inseln im Süden, dann noch einmal den Norden. 1983 dann wohnte sie in Tallahassee, pflückte Orangen, strich Häuser an und schrieb nebenher. Da aber der Roman nicht so recht gedeihen wollte, versuchte sie es mit Stücken und Kurzgeschichten, dann Artikeln. Nichts davon schlug ein.

Sie landete schließlich auf Cedar Key, wo sie die wilde Schönheit des Levy County gefangennahm. Auf einer Parkbank an der Second Street kam sie zu dem Schluß, ihren Platz gefunden zu haben. Während sie sich in einem neuen Markt ein Malergeschäft aufbaute, kellnerte sie im Island Hotel, das sich unter Gourmets und anderen Genußmenschen einer stillen Berühmtheit erfreut.

Harriets Hort für Seevögel begann mit einem verletzten Braunpelikan, den sie am Strand fand. Eine alltägliche Geschichte, die ganze Küste entlang: Der Vogel hatte fünf Angelhaken in diversen Körperpartien, und die Leine hatte sich derart fest um sein geradezu grotesk angeschwollenes Bein gewickelt, daß sie in der Schwellung verschwand.

Stundenlang wartete sie auf einen überbeschäftigten Angestellten der Naturschutzbehörde. Und Harriet Smith, ihres Zeichens Kellnerin und Anstreicherin, paßte in dieser Zeit auf den Pelikan auf, kochend vor Zorn über die eigene Ratlosigkeit, wie so einem Tier denn zu helfen sei. Sie erinnert sich daran, sich etwas geschworen zu haben: »Nie wieder, nie wieder werde ich mir so hilflos vorkommen.«

Ein Praktikum im Suncoast Seabird Center in Clearwater vermittelte ihr Grundkenntnisse. Dazu kam ein Fernstudium der Vogelkunde an der Cornell University. Der Großteil dessen, was Harriet heute über Vögel weiß, kommt jedoch aus der tagtäglichen Pflege. Für die klinische, mehr an Medikamenten ausgerichteten Methoden vieler Tierärzte hat sie nicht viel übrig, ihren eigenen vogelmedizinischen Ansatz bezeichnet sie als »ganzheitlich«.

Harriets Vermieter auf Cedar Key war anfangs recht tolerant. Aber schließlich rieben ihn Vögel, Käfige, tote Fische und Guano im Garten schlicht auf. Was tun?

Die Situation stellte sich ihr als moralisches Dilemma.

Sie müssen wissen, Harriet Smith hatte sich bei ihrem Ausstieg aus der Computerbranche für die

Armut entschieden. »Ich habe beschlossen, arm zu sein, nie wieder Grund und Boden, nie wieder einen neuen Wagen zu besitzen, nie wieder einen Kredit oder auch nur ein Girokonto zu haben.« Wenn sie so etwas sagt, spürt man ein leichtes Beben im Fundament, und die guten Leute in ihren Chrom- und Glaspalästen die gesamte Südküste entlang fragen sich vermutlich, woher der plötzliche Biß in der Brise kommt.

Aber jetzt brauchte sie einen Platz für die Vögel. So kam es zu einem kleinen Kompromiß mit dem System: Sie kratzte 400 Dollar für eine Anzahlung auf ein kleines Grundstück in der Nähe von Cedar Key zusammen. Die monatlichen Raten von 83 Dollar und 68 Cent an den früheren Besitzer bezahlt sie bar. Ein Abzahlungsgeschäft, sicher, aber immerhin ohne Bank.

Connie Nelson, eine befreundete einheimische Künstlerin, boxte eine bescheidene Spendenkampagne für Harriet durch. »Alles mal herhören, fünf Dollar pro Nase für Harriets Vogelhort.« Und schon konnte es losgehen.

Ihr Haus baute sie sich selbst, einen kleinen L-förmigen Bau, größtenteils aus gespendeten Materialien. Na gut, »bauen« ist vielleicht ein etwas großes Wort, klingt zu sehr nach fertig. Das Haus nimmt hier und da Gestalt an, je nach Finanzlage. Die Pfosten, auf denen das Ganze ruht, stehen nicht im Rechteck, aber das stört sie wenig. »Mein Urgroßvater hat in so einem Haus gewohnt, es war nicht im Winkel, aber eingefallen ist es auch nicht, und er war sehr glücklich. Man muß irgendwie weg von einer Geisteshaltung, die sich an solchen Dingen stößt.« Gut gesagt und zur Kenntnis genommen.

»Das Haus scheint in Dreihundertdollarbrocken zusammenzukommen«, stöhnt sie. »Aus irgendeinem Grund kostet alles dreihundert Dollar.« Die nächsten dreihundert werden, wann immer sie sie zusammenbekommt, in einen Brunnen investiert. Im Augenblick holt sie sich das Wasser eimerweise aus dem Ort.

Danach vielleicht eine bessere Elektroinstallation. Ihre einzige Stromversorgung läuft über zwei Verlängerungskabel aus einem provisorischen Bauanschluß. Ein Kabel führt ins Haus, das andere zu einer Gefriertruhe, die das Futter für die Vögel enthält.

Was wirklich zählt ist ihr Privatkrieg gegen das Leid. Diesen und ihre persönlichen Ausgaben finanziert sie mit einem Teilzeitjob an der Rezeption eines örtlichen Motels, einer Umweltkolumne für den *Cedar Key Beacon* und ihr Buch, einen Naturführer für Cedar Key.

Dadurch daß die Leute von ihr hören, kommen tröpfchenweise Spenden herein. Etwas Geld kommt von den Inselbewohnern, aber auch von Leuten aus Pocatello und Minneapolis mit Grundbesitz auf Cedar Key; letztere haben den *Beacon* abonniert und ihre Kolumne gelesen.

Im vergangenen Jahr hat sie 1250 Dollar für ihre Vögel ausgegeben. Ihrer Schätzung nach könnte sie mit 3000 Dollar einen erstklassigen Betrieb aufziehen; sie könnte bessere Käfige bauen und etwas für ihre Weiterbildung ausgeben. Ihre finanziellen Bedürfnisse erscheinen einem verschwindend gering im Vergleich zu den Summen, die der Staat regelmäßig an Universitäten für die Forschung verteilt. Aber ohne Titel und Referenzen, so meint sie, bleibt derlei Geld für sie unerreichbar. »So was von primitiv«, seufzt sie.

Aber was soll's. Harriet Smith ist Expertin darin, mit dem Nötigsten auszukommen. Konventioneller Denkweise nach braucht es eine wimmelnde Masse von Erwerbsorganismen, sogenannten »Konsumenten«, um die Wirtschaft der Vereinigten Staaten am Leben zu erhalten. Falls man das glaubt, hält man Harriet vermutlich für etwas gefährlich. Durch ihr Vorbild wirkt sie auf eine gewisse sanfte Art subversiv.

Harriet beobachtet das Auf und Ab des Lebens in den Marschen östlich von ihr durch Fenster, die sie geschenkt bekommen hat. Ja, im Grunde besteht das Haus größtenteils aus Resten und Altmaterial. Manchmal kommt sie nach Hause und findet eine gebrauchte Tür an den Stufen vor ihrem Haus. Oder das Telefon klingelt und jemand fragt: »Ich hätte da einen alten Boiler. Haben Sie Verwendung dafür?« »Sicher, bringen Sie ihn ruhig raus, da mach' ich eine Solarheizung draus.«

Und was soll das Ganze? Welche Bedeutung hat das alles auf lange Sicht? Auf so offensichtlich dumme Fragen hat Harriet rasch eine Antwort parat: »Die meisten meiner Tiere wurden durch eine menschliche Aktivität verletzt«, bemerkt sie. »Ich lege meinen winzigen Beitrag in die andere Waagschale und sorge für einen kleinen Ausgleich. Ich rede immer und überall über Vögel. Die Leute werden sich ihrer bewußt, kennen sie beim Namen, rufen mich an, wenn sie einen verletzten Vogel finden. In diesem Augenblick werden sich die Leute auch bewußt, was sie hier im Levy County haben, sie merken, daß es etwas Besonderes ist.«

Sie betrachtete Levy County als eines der letzten Wildgebiete Floridas. »Es ist 2850 Quadratkilometer groß und schlicht märchenhaft. Hier findet sich im wesentlichen jede Art von Lebensraum, über den Florida nur verfügt. Manchmal denke ich: ›Macht einen Zaun drum rum.‹«

Sowohl in ihren Vorträgen über Vögel als auch in ihrer Kolumne tritt sie aktiv für ihre ganz spezielle Art von starrköpfigem Umweltschutz ein. Eine ihrer Lieblingszielscheiben ist das Plastik, das sie haßt wie die Pest.

»Es genügt nicht, den Leuten zu sagen, sie sollen weniger Plastik verwenden und den Rest zur Wiederverwertung geben. Man muß ihnen zeigen, wie's geht. ›Paßt auf‹, sage ich ihnen, ›ich nenn' euch fünf Methoden, mit der Verwendung von Plastik Schluß zu machen.‹ Ich gehe in einen Lebensmittelladen und sage: ›Gib mir bloß keine von diesen verdammten Plastiktüten. Was soll das, Harry? Wieso hast du so'n Mist überhaupt da?‹« Und Harry, der schon einen ausgewachsenen Vortrag auf sich zukommen sieht, greift kopfschüttelnd nach was anderem – irgendwas.

Mittlerweile ist der Abend angebrochen, die blinkenden Cursor der Computerbildschirme hat sie weit hinter sich gelassen. Sie blinken in einer anderen Zeit. Harriet füttert eine kleine Zwergohreule, die sich von einem Beinbruch und einer Augenverletzung erholt. Der Schnabel des kleinen Kerls klappert erwartungsvoll, während sie ihm seine Ration Eintopffleisch in Vitaminmarinade herrichtet.

Während sie ihn füttert, blickt Harriet über den mit kümmerlichen Bäumen bewachsenen Horizont hinaus. Sie weiß, da draußen stehen Weißibisse, Gelbschnabelkuckucke, Enten, Eulen, Adler, Fischreiher, und wie sie alle heißen, gegen die Macht einer im Würgegriff der Technik erstickenden Kultur, und sie werden verlieren.

Sie weiß, die Vögel verfangen sich in Leitungen, essen quecksilberverseuchten Fisch, knallen gegen Autos. Und draußen auf den Bäumen der Brutplätze und die Strände entlang sitzen die ironisch und ernst blickenden Pelikane, verheddert im Kampf mit Angelhaken und -schnüren.

So arbeitet sich Harriet durch die Tage. Sie versucht, die 300 Dollar für den Brunnen zusammenzukriegen. Versucht, hochwertigeres Futter für ihre Vögel zu kaufen und ein Zuhause für einen Braunpelikan mit nur einem Flügel zu finden. Versucht, uns die Köpfe zu öffnen und uns etwas Sensibilität einzutrichtern. Sie wirft ihr bißchen Gewicht in die Waagschale. Es ist nicht viel, aber immerhin.

[Erstveröffentlichung im *Des Moines Register* am 3. März 1989]

POSTSKRIPTUM

Harriet betrieb ihren Hort für Seevögel von 1987 bis 1991. Schließlich rieb sie sich schlicht und ergreifend auf in dem Versuch, sich ihren Lebensunterhalt als Anstreicherin zu verdienen, während sie gleichzeitig die Vögel zu versorgen hatte. Die Bandbreite der Arten in ihrem Hort wurde immer größer, fünfundzwanzig Dollar pro Woche kostete allein das Fleisch für die Vögel und die anderen Tiere. Dann kam der Augenblick, in dem sie vor einem Rotfuchs stand, einem Streifenkauz und einem Rundschwanzsperber. Alles Fleischfresser. Sie stand vor der Wahl, entweder die Tiere oder sich selbst mit Nahrung zu versorgen. Sie schloß den Hort.

Ich habe sie vor kurzem wiedergesehen. Sie sieht besser aus, nicht mehr gar so müde. Sie führt jetzt den Cedar-Key-Buchladen in der C Street und bietet außerdem zweistündige naturkundliche Führungen mit dem Boot. Freitagvormittag spricht sie über die Natur auf Cedar Key. Und die Vögel, die Tiere? Einige Leute in der Stadt haben die Genehmigung, verletzte Tiere irgendwo hinzubringen, wo man sie versorgt.

Heute rechnet Harriet, sie hätte wohl 10 000 Dollar im Jahr gebraucht, um den Hort zu behalten. Damit hätte sie die nötige Ausrüstung kaufen, eine Hilfskraft einstellen und die Tiere durchfüttern können. Aber das Geld war einfach nicht da. Für die wichtigen Dinge fehlt es immer. Mit diesen Gedanken ging ich 1993 an einem ruhigen Februarmorgen durch die Straßen von Cedar Key. Ich mußte daran denken, als ich die Pelikane beobachtete, die auf ihrem Weg von den Inseln hierher die neuen Wohnblöcke am Strand entlang wachsen sehen.

Alles eine Frage der Vermittlung

Stanley Walk und Allen Kruger, ihres Zeichens In-
haber der Sportsman's Lounge und diverser ver-
bundener Unternehmen in St. Ansgar, sind aller
Fesseln ledig. Sie kümmern sich weder um Grenzen, noch fechten Kleinstadtkonventionen sie an.
Darüber hinaus haben sie selbst in diesen finsteren
Zeiten festes Vertrauen in Iowa und wenig Geduld
mit denen, die ihre Meinung nicht teilen. Was
Wunder also, daß sie sich nichts dabei denken, in
ihrer Schenke eine Autogrammstunde zur Feier eines eben erschienenen Buches über Iowa abzuhal-
ten.

Nun gut, zartbesaitetere Menschen mit etwas
ausgeprägterem Gefühl für die Form mögen hier
einen gewissen Widerspruch sehen – ich meine,
Bücher und Kneipen? Nicht so Stanley Walk, und
Allen Kruger nicht minder. »Bringt uns die Zusage
des Autors, den Rest erledigen wir«, sagten sie der
Iowa State University Press. »Prima, das machen
wir«, sagte der Autor. Und schon hingen in den Le-
bensmittelläden der Bezirke Worth und Mitchell
die Handzettel aus. Mit einem der Radiosender vor

Ort arrangiert man ein Interview mit dem Autor. In Fernsehen und Presse rührt man die Werbetrommel dafür. Pappschilder werden ausgehängt, das Ereignis wird ins Gespräch gebracht, geplant, gefördert.

Anfang November wurde das Wetter miserabel. An dem Tag, für den die Autogrammstunde festgesetzt war, fegte ein Schneegestöber nach dem anderen durch den Ort. Es war kalt, windig und naß. Die Jungs, die am großen runden Tisch im Hintergrund bei den Karten saßen, kamen den ganzen Tag nicht dahinter, was da eigentlich vor sich ging. Um zehn Uhr vormittags hatte man haufenweise nigelnagelneuer und in Plastik geschweißter Bücher auf einen der Tische gestapelt. Ein Knabe mit langem grauen Haar – ein Liberaler, wie die Kartendrescher argwöhnten – trudelte ein, schraubte den Füller auf und machte sich daran, Leuten aus so entlegenen Kulturen wie Osage, Mason City, Fort Dodge sowie kleineren Städten in Iowa oder dem Süden Minnesotas Exemplare seines Buchs zu signieren.

Zu Mittag – man hatte übrigens die Wahl zwischen Rind und Huhn – las der Autor einen Essay für die vierzig Leute, die für den leiblichen wie geistigen Genuß sieben Dollar fünfzig angelegt hatten. Einer von ihnen, ein Veterinär, meinte hinterher: »Es war eine religiöse Erfahrung.« Die Mutter des Autors saß am Ehrentisch und erkannte die Leute in der Geschichte, einschließlich ihrer selbst.

Am Nachmittag dieses Samstags zu Winterbeginn bot sich dem Betrachter ein Tableau von jedermanns Vision vom idealen Amerika. Teils Norman Rockwell, teils Thomas Jefferson. In den Nischen und an den Tischen in der Mitte saßen Leute schweigend über Kaffee und Bier und lasen das Buch.

Aus irgendeinem unerfindlichen Grund waren auch einige Volksvertreter erschienen, manche gewählt, manche weniger. Ihre Anwesenheit führte zu bewegten Diskussionen über Dinge, die diese Leute gern als »Fragen« bezeichnen, dann folgte noch eine spontane Sitzung über Wahlkampfstrategien in letzter Minute. Befürworter der Ansicht, man solle den Brushy Creek so lassen wie er ist und sich gegen den drohenden Bau eines Damms in die Wildnis zur Wehr setzen, kamen an, requirierten einen Tisch und vertraten ihre Sache gegenüber jedem, der zuhören wollte. Neben ihnen plante eine andere Gruppe eine Konferenz über Flüsse. Der Autor signierte wieder Bücher, und die Jungs mit den Karten am großen runden Tisch im hinteren Teil des Raums, die sich mittlerweile überhaupt nicht mehr auskannten, verrenkten sich zwischen den einzelnen Partien den Hals, auf daß ihnen auch nichts entging.

Unter den Gästen befand sich auch die Dame, die den Autor an der High-School in der Kunst des Maschinenschreibens unterwiesen hatte. Während er ihr Buch signierte, überlegte er, daß sie wahrscheinlich ebensoviel Anteil am Zustandekommen desselben hatte wie sonst jemand auf dieser Welt. Ein Mann aus Osage behauptete, er und einige andere Jäger hätten nach der Polemik des Autors zum Thema der Gänsejagd abgeschworen. Der Autor, der das mitbekam, erbot sich, dem Mann ein »Zivilisierter Mensch« auf die Stirn zu schreiben, was man jedoch als unklug und etwas übertrieben verwarf.

KGLO, der Fernsehsender aus Mason City, klapperte mit Kameras und Kabeln herein und forderte ein Interview mit dem Autor. Der Mann mit den Fragen wollte über wirtschaftliche Entwicklungen und Computer sprechen, der Autor über Poolbillard und Flüsse.

Schnee trieb die Hauptstraße von St. Ansgar herauf, als eine Frau um die Vierzig mit silbernem Haar und nettem Lächeln ein Buch kaufte und hinter vorgehaltener Hand wissen wollte: »Wie kriege ich Sie dazu, mir den Rest Ihres Buches vorzulesen?« Der Autor antwortete: »Fragen Sie halt, ich bin für alles zu haben.« Mike, dessen Nachname mit einem Zettel verlorenging, will dem Autor einige geheime Stellen am Cedar River zeigen. Großartig. Das Frühjahr ist die richtige Zeit dafür.

Stanley Walk strahlte, bediente die Kundschaft und schleppte weitere Bücher aus seinem Büro an den Signiertisch. Allen Kruger diskutierte über Politik. Stanley und der Autor unterhielten sich über eine Dichterlesung im Lokal, vielleicht mit etwas Musik. Hört sich gut an. Kommt sicher irgendwann einmal zustande. Gegen halb vier ließ der Drang nach literarischer Nahrung dann langsam nach. Der Autor packte seinen Füller und seine Mutter ein und fuhr zurück in den Süden, während die Politiker noch blieben, um Fragen zu diskutieren und Mittel und Wege auszuknobeln, um – in Shakespeares Worten – »Gott den Herrn zu hintergehen«.

Stanley gibt telefonisch die Verkaufszahlen durch. Sechsundneunzig Bücher wurden verkauft. Nicht schlecht, aber etwas irrelevant; es ist nicht das, was hier zählt. Worum es hier geht, ist, daß es da draußen Leute gibt, die schreiben, Musik machen, Theater, Dinge, die schön anzuschauen sind, Leute, die Probleme zu diskutieren haben. Und dann gibt es da draußen Leute, die die Wörter lesen, die Musik hören, gern schöne Dinge sehen oder an der Lösung übler Dilemmas teilhaben wollen. Das Problem dabei ist die Vermittlung, mit anderen Worten, diese Leute zusammenzuführen.

Es ist zu machen. Stanley Walk und Allen Kruger haben es gemacht, und das Leben wurde für jedermann ein bißchen reicher dadurch. Das Ideal einer gebildeten, fürsorglichen und engagierten Gesellschaft ist machbar, wenigstens in Iowa. Es ist nur eine Frage der Vermittlung. Wir haben das an einem verschneiten Novembertag in St. Ansgar bewiesen.

[Erstveröffentlichung in *One Good Road Is Enough*, 1990]

Wiedersehen mit Perry

Erinnern Sie sich noch an Perry? Ich bin sein Bruder.« Ich hatte eben jemandem in einer Buchhandlung in Marshalltown, Iowa, ein Buch signiert und sah auf.

Natürlich erinnerte ich mich an Perry. Ich hatte ihn auf der Stelle vor mir, nach vierzig Jahren tauchte er aus den Windungen meines Gedächtnisses wieder auf: ein Nachmittag im staubigen Tiefland, Hochsommer in Rockford, Iowa. Perry in Arbeitsstiefeln und abgeschnittenen Jeans, ohne Hemd, ein rotes Tuch um den Kopf, tolle Muskeln. Eine etwas ungezähmte Erscheinung, die in etwa dem nahekam, wie zwei Jahrzehnte später die Leutchen von der Gegenkultur aussehen sollten.

Aber Perry sah man seine Eigenheiten nach. Sogar in der ländlichen Kultur Iowas, in der nur die behaarte Brust zählte und kurze Hosen am Mann als todsicheres Zeichen für eine instabile Männlichkeit galten. Er war nämlich etwas Besonderes, müssen Sie wissen. Er hielt die Höllenhitze der Brennöfen im örtlichen Ziegelwerk aus, und das im Sommer. Soweit ich mich erinnere, schafften das nicht viele. Vielleicht sogar außer ihm keiner. Der Mann hatte das Monopol auf Standvermögen. Und das galt etwas bei uns. So sah man Perry schon das eine oder andere nach.

Er hielt den Kopf immer leicht geneigt, was vielleicht auf eine einseitige Sehstörung zurückzuführen war. Und er grinste viel in jenen Tagen, vor allem für Kinder, die ihm wie ich in alten Turnschuhen und Jeans über den Weg liefen. Ich grinste zurück. Ich mochte Perry. Ich mochte den harten Kerl in ihm und seinen Stil. Ich mochte seinen Humor im Angesicht jener brutalen Tage in den Brennöfen. Meine Mutter hat immer gesagt, daß meine Helden, nun ja, etwas anders seien als die anderer Jungs. Ich mochte Kenny Govro, den Welsfischer, Sammy Patterson, den Billardspieler, und, wie gesagt, Perry Burgess, der im Ziegelwerk das Brenngut in die Öfen stapelte.

Wenn das alljährliche Softballspiel zwischen den Kaufleuten vom Ort und den Arbeitern näherrückte, war völlig klar, wer auf der Wurfhöhe stand: Perry »Dipsy-Doodler« Burgess.* Vor allem in den Wochen vor dem Spiel hörte er diesen Spitznamen gern. Die Pappplakate, die für das Spiel warben, führten ihn unter diesem Namen. Und auch unser Lokalblatt nannte ihn in ihren Ankündigungen so.

»Satch.« Auch das hörte er gern – »Satch«. Was,

---

* Als »dipsy-doodle« bezeichnet man im Baseball einen besonders langsamen Kurvenball. (A.d.Ü.)

wie ich annehme, auf seinen Respekt für Satchel
Paige, den großen Werfer, zurückzuführen war.
»He, Satch!« riefen wir Perry zu. »Alles klar fürs
Spiel?« Er neigte grinsend den Kopf.

Eigentlich war er als Pitcher ja nicht gerade ein
As. Aber bei Perrys Stil stand das nie zur Debatte.
Unter dem Flutlicht eines ländlichen Baseballfelds
brachte er mit siebzehn Armen und Beinen fuch-
telnd die wildesten Würfe an. Er warf den Ball hinter dem Rücken, zwischen den Beinen, und das Publikum raste. Alte Männer auf der Tribüne klopften
einander auf die Schulter und krächzten: »Perry
Burgess, das ist vielleicht einer, was?«

Auf der Wurfhöhe, weit draußen im Staub, mit
Satchel Paige auf den Schultern, neigte Perry den
Kopf und grinste über all den Applaus, bevor er
umständlich zum nächsten Wurf ausholte und
gleich noch mal in die allgemeine Richtung des
Schlagmals vom Leder zog. Vom Brenngutstapler
zum Softballclown in drei Stunden. Einseitig war
Perry jedenfalls nicht.

»Klar erinnere ich mich an Perry«, sagte ich zu
seinem Bruder, Albert Burgess. »Hätte nichts dagegen, ihn mal wieder zu sehen.« »Tja, da drüben ist
er, auf der Bank.« Albert machte eine Bewegung
mit der Hand, und quer über den Gang in einem
Einkaufszentrum in Iowa kam tatsächlich Perry
Burgess. Klein, alt, den Kopf schräg gelegt, grinsend. Ich war ein Riese gegen ihn, größer, als er je
gewesen war in jenen staubigen Tagen.

Wir schüttelten uns die Hände. Ich ließ ihn grinsend an meinen Gefühlen teilhaben: »Sie waren einer meiner Helden.« Ich nahm das Buch, das ich eben signiert hatte, schrieb Perrys Namen hinein und dazu etwas über die Wertschätzung, die ich ihm in jenen Jahren entgegengebracht hatte. Ich hätte mich gern noch etwas unterhalten, aber es waren noch Bücher zu signieren, ein ganzer Stapel davon. Es herrschte Feiertagsverkehr. Aus den Lautsprechern kam Weihnachtsmusik. Perry und sein Bruder machten sich höflich wieder davon.

Aber mir war richtig warm geworden ums Herz. Perry. Ein altes Gefühl hatte sich meiner bemächtigt, ein gutes Gefühl. In meiner Kindheit war Perry Burgess einer der Adler; er hat mir jene Tage auf eine Art und Weise verschönt, die ich noch heute nicht zu definieren vermag. Vielleicht war es eine Frage des Stils – daß er den Konventionen ins Gesicht gelacht hat und damit durchgekommen war. Ich weiß es nicht; spielt auch keine Rolle. Die Jahre vergehen, aber noch immer sind einige meiner alten Helden da draußen, und es gibt mir ein gutes Gefühl.

Einige Monate später, im Sommer, spazierte ich durch die Ruinen des alten Ziegelwerks. Unkraut und Bäume haben den Raum zurückerobert, auf dem einmal harte Kerle den Ton bearbeitet haben. Der Ort hat seine Geister. Man müßte schon gefühlstaub sein, um sie nicht zu spüren, nicht die Rufe zu hören, die Schritte, das Rumpeln der Güterwagen auf dem Nebengleis.

Ich kam an die Brennöfen. Drei waren es, runde

Kuppeln von zehn Metern Durchmesser, die Türen standen offen. Hornissennester in den Ritzen, über die Böden trieb Staub.

Unter der Augusthitze schwitzend ging ich für einen Augenblick in einen hinein. Ich dachte an Perry. Das Bild eines alten Mannes in einem Einkaufszentrum in Marshalltown verschwand. So sehe ich Perry nicht. Nein. Ganz und gar nicht. Für mich sieht er so aus: Stiefel, abgeschnittene Jeans, nackter Oberkörper, rotes Tuch um den Kopf, tolle Muskeln. »He, Satch! Alles klar fürs Spiel?« Den Kopf leicht schräg gelegt, grinst er mich vor einer der Kneipen oder von der Wurfhöhe aus an. So habe ich Perry im Kopf.

Der alte Dipsy-Doodler im Flutlicht, bei der Zeremonie um den nächsten Wurf, dann zieht er vom Leder. Natürlich erinnere ich mich an ihn. Er war wichtig für mich. Ist es heute noch. Das Wiedersehen mit Perry tat gut.

[Erstveröffentlichung in *One Good Road is Enough*, 1990]

Der Löwe im Winter

Felis concolor, mittelbraun im spärlichen Licht eines Winternachmittags, kommt er aus dem Buschwerk, zehn Meter vor mir, dreihundert Meter vom Pazifik entfernt. Mit federnden Schritten überquert er die alte Park-Service-Straße und setzt seine knapp fünfzig Kilo dann in einem weichen Bogen über das niedrige Gestrüpp auf der anderen Seite – wie eine Hauskatze, die in einen Pappkarton springt.

Instinktiv gehe ich in die Hocke und wende mich an die Frau hinter mir. »Hast du gesehen?« sage ich leise. »Was denn?« antwortet sie, verwirrt. »Na, den Silberlöwen, den Puma, hast du ihn nicht gesehen?«

Einen Augenblick lang glaubt sie mir nicht. Wieder so eine von meinen kleinen Geschichten, denkt sie, versucht der große Naturbursche wieder mal die kleine Hausfrau zu foppen. Ich habe bereits den Tornister von der Schulter und grabe fieberhaft nach einer Kamera. »Ein was? Wo?« fragt die Frau noch mal, jetzt jedoch ernst. Ich sage es ihr und schleiche langsam die schmale, verlassene Straße entlang auf die Stelle zu, wo die Katze im Dickicht verschwunden ist.

Nur zwei Meilen hinter uns steht der Wagen neben dem Highway. Da hinten gibt es Klimaanlagen und eine Betonstraße in die Stadt. Hier sieht die technologische Situation etwas anders aus, die Waagschale steht ein bißchen zugunsten des Löwen. Und auf eine merkwürdige Art und Weise finde ich Gefallen daran. Die Katze ist hier zu Hause, ich bin ein Fremder. Eine Art zwischenartliche Demokratie hat gegriffen, und mein Platz in der Nahrungskette scheint weniger sicher als noch wenige Minuten zuvor.

Ich schaue mir schier die Augen aus dem Kopf, die vor Anstrengung wässerig werden, erreiche das Dickicht und sehe hinein. Nichts. Mit lautlosen Schritten schleiche ich ein Stück weiter, bleibe stehen und werfe einen langen Blick in Gras und Dornengestrüpp. Nichts.

Enttäuscht wende ich mich eben wieder der Frau zu, als mir der Spätnachmittagswind den Hauch ihres Flüsterns zuträgt: »Er ist hier. Gleich bei mir.« Ihr Blick richtet sich wieder in das Gewirr aus Zweigen, dann wieder auf mich, zum einen ist sie verwirrt, zum anderen hat sie Angst.

Vorsichtig gehe ich das Stück Wegs zurück, meine Stiefel machen nicht das geringste Geräusch auf der alten Erde, dann stehe ich neben der Frau und folge ihrem Blick. Und tatsächlich, da ist sein Gesicht, ein junges zwar, aber alt genug, um sich allein durchzuschlagen; aus drei Metern

Entfernung sieht es mich an – gelbgrüne Augen, um Mund und Kinn weiß, silbergraue Schnurrhaare im gesprenkelten Licht, dazu spitze Ohren.

Nur kurz, einen Augenblick lang, begegnen sich die Blicke, die Ordnung der Fleischfresser und die Ordnung der Primaten. Ich schaue ihn an. Ohne mit der Wimper zu zucken, starrt er zurück. Dann, vielleicht wittert er den sachten, aber anhaltenden Geruch des Speers, ist er fort, noch nicht einmal als Schatten, eher wie der Traum eines Schattens. Nicht ein Zweig bewegt sich, nichts knackt, es ist nicht das geringste zu hören.

Er nimmt einfach, in einer Art, die nur den Katzen gegeben ist, den Kopf herum und geht, läßt uns stehen, auf dieser Straße an einem Fluß, unweit vom Meer. Als ich das eine Foto entwickle, ich erinnere mich daran, daß ich es geschossen habe, als er sich abwandte, ist darauf nichts weiter zu sehen als etwas verwischtes Braun. Ich werfe es weg. Die Erinnerung an so etwas ist sowieso immer besser als ein Foto davon.

Die Frau und ich gehen weiter in Richtung Meer, unterhalten uns über Löwen, gelbgrüne Augen und das erstaunliche Glück, ihn gesehen zu haben. Erst am Abend zuvor, wir fuhren auf einer Bergstraße, unsere Scheinwerfer wischten in den Kurven über den dichten Wald, hatte ich gesagt: »Es gibt nicht viel, was ich in meinem Leben noch möchte, dazu gehört, einen Silberlöwen in freier Wildbahn zu sehen.« So unterhalten wir uns denn darüber und manches andere, das der Zufall so bringt.

Auf dem Weg zur Küste sage ich nichts davon, daß es schon vorgekommen ist, daß Katzen Menschen folgen, und sei es auch nur aus einer flüchtigen Neugier heraus. Hin und wieder jedoch werfe ich einen Blick auf den Weg hinter uns oder zwischen die Bäume. In Wirklichkeit jedoch haben wir kaum etwas zu befürchten. Daß Silberlöwen Menschen angreifen kommt statistisch gesehen kaum vor. Andererseits können Silberlöwen, wie ein Biologe mal gesagt hat, nicht zählen. Später erzähle ich einer Vertreterin des Berglöwen-Bunds von unserer Begegnung mit der Katze, und sie sagt: »Ist Ihnen klar, was für ein Glück Sie gehabt haben?« Es ist mir klar. Die Wahrscheinlichkeit einer solchen Begegnung ist unglaublich gering. Diese großen Katzen, verstohlene Nachtwesen, die sie sind, bleiben selbst für die, die sie zu erforschen versuchen, Kreaturen des Zwielichts.

Außer den etwa dreißig Florida-Panthern, deren Überleben an einem seidenen Faden hängt, gibt es im Osten kaum noch Großkatzen. Entweder man hat sie als Schädlinge oder Jagdwild verfolgt, oder man hat ihren Lebensraum zerstört, jedenfalls sind sie verschwunden. Obwohl einige Leute der Ansicht sind, daß Jaguare, Pumas, Berg- oder Silberlöwen – alles Namen für ein und dasselbe Tier – mit der Regeneration der Wälder und dem Wiederanwachsen der Populationen von Rot- und Rehwild in den entlegeneren Regionen von Neuengland, Minnesota und Michigan wieder auf dem Vormarsch sind.

Abgesehen von der perversen Neigung des Menschen, alles zu vernichten, was ihm auch nur im geringsten bedrohlich erscheint, ist der Verlust des Aktionsradius' der eigentliche Vandale der Pumawelt. Sie sind ausgeprägte Individualisten, Einzelgänger bis auf die Paarungszeit und darüber hinaus solche »Zugvögel«, daß sie ein Revier zwischen vierzig und fünfhundert Quadratkilometern brauchen.

Vor allem an der Westküste nagen an diesen Revieren unaufhörlich Sägen, Schnellstraßen und Eigentumswohnungen. Allein Kalifornien hat seit dem 19. Jahrhundert 62 000 Quadratkilometer Löwenhabitat verloren, über die Hälfte davon seit 1945.

Darüber hinaus sind die Löwen wie alle Katzen herzlich unkooperativ, selbst wenn der Mensch ihnen zu helfen versucht. Was die Größe der Löwenpopulationen anbelangt, herrscht ein heftiger Streit zwischen den einzelnen Interessengruppen, denen am Überleben des Pumas liegt. Die Wahrheit ist, daß keiner so recht weiß, wie gut oder schlecht es den Löwen geht, und die großen Katzen schweigen sich darüber aus.

Trotzdem hatte ich diesen Augenblick. Und ich halte ihn in Ehren wie nur irgendeinen in meinem Leben. Ich habe in die Augen eines Wesens geschaut, das bei Sternenlicht reist und dessen Welt unaufhaltsam kleiner wird. Und mit der Wildnis werde auch ich immer kleiner in der Betrachtung einer Welt, die zu klein und selbstsüchtig ist, zu be-

sessen vom Trivialen und Vergänglichen, um Freiheit zulassen zu können, Freiheit, die im Licht
eines Wintertages mittelbraun ist und sich vorsichtig im Schutz einer immer kleiner werdenden
Deckung bewegen muß.

Ich seufze lautlos über unsere Verluste, die der
Katze und meiner eigenen, denn wir verstehen
beide, jeder auf seine Art, daß der Lebensraum, die
Möglichkeit, sich frei zu bewegen, der Weg zum
Kern aller Dinge ist. Einem Reisenden das zu nehmen heißt alles zu nehmen – dem Reisenden, aber
auch uns selbst. So wird Freiheit noch nicht einmal
zum Schatten sondern eher zum Traum davon. Wie
der Traum, den ich einst, vor langer Zeit, am Rande
des großen Eises hatte, bevor die Weisheit kam und
ich mich zusammen mit anderem Kinderkram
auch des Speers entledigte.

[Erstveröffentlichung in *One Good Road is Enough*,
1990]

Eine gute Straße genügt

Herbst 1949, es ist Abend, und die Gänse ziehen in den Süden. Ich höre ihre Laute, werfe die Decke beiseite und krabble ans Fußende meines Bettes, um aus dem Fenster zu sehen. Tief kommen sie das Tal des Flusses herauf und fliegen über die Stadt. Sie reiten auf nimmermüden Flügeln, die Hälse gereckt, mit nüchternen Augen, die nur die Zeit sehen, Dinge in der Ferne, den Raum... und mich, so denke ich mir.

Sie wissen, daß ich da bin, da bin ich mir sicher. Zehnjährige Jungs haben noch nicht vor einer Welt kapituliert, die Konsum statt Lachen empfiehlt, Pflicht statt Flügel. Diese Gänse verstehen. Ich ziehe mir die Bettdecke ans Kinn, reagiere auf eine merkwürdige Mischung aus Entzücken über ihr Kommen und Kummer über ihr Gehen.

Himmelsnavigation. So reisen sie... nach den Sternen. So finden sie ihre Weiher in Texas. Wissenschaftler studieren sie, sezieren, schließen. Die Antworten werden sie nie finden. Es ist Zauberei, und keiner kann mir etwas anderes erzählen, weder im Alter von zehn Jahren, noch vier Jahrzehnte danach. Logik und Daten haben ihren Platz, aber nicht in der Nacht, nicht auf den Straßen des Staunens, von wo die Musik aufsteigt und die Kanadagänse fliegen, wo im hohen Gras der Flußauen ein Zauberer sie weiterwinkt mit langen Bewegungen seines Arms.

Ich lege mich in mein Kissen zurück. Meine Eltern schlafen, aber das kleine braune Radio neben meinem Bett, das nur zwei Knöpfe und ein braunes Tuch über dem Lautsprecher hat, glüht in der Dunkelheit. »Willkommen zur ›Samstagabend-Tanzparty‹«, sagte der weiche Bariton aus New Orleans. Die Musik ist live, und ich weiß mit absoluter Sicherheit, es sind gutaussehende Männer und schöne Frauen dabei. Sie essen, trinken und tanzen auf dem Dach eines großen Hotels im Süden, während ihnen ganz sachte eine sanfte Golfbrise das Haar bewegt.

Über der Musik, dem Flug der Gänse folgend, höre ich einen Frachtzug der Rock-Island-Linie. Im Tiefland lacht der Zauberer und schlägt, unfähig sich zu beherrschen, einen Salto rückwärts. Es ist heute ganz schön was los auf der Straße – Musik aus New Orleans, Gänse vor dem Mond, Züge über der Brücke. Der Zauberer liebt die Straße und lehrt mich, sie genauso zu lieben, sowohl als Illusion wie als Realität.

Ich schlafe ein, wache wieder auf, wandere den Rand aller Dinge entlang, bin für alles offen. Die Musik wechselt, Bilder stellen sich ein. Dolche mit geschnitzten Griffen im Gürtel, trinken Leute in windgepeitschten schwarzen Kaftanen Tee vor einem sich blähenden Zelt, warten auf den Ruf zum Gebet. Kamele tragen in gleichmäßigem Tempo Seide und Weihrauch durch den sandgefüllten Wind; unaufhaltsam drängen sie nach Medina. Kurz vor dem Morgen zieht mir meine Mutter die Decke über und macht das kleine Radio aus, während ich, weit weg von ihr, reise.

Es gab damals nur eine gute Straße, die aus Rockford, Iowa hinausführte. Alle übrigen waren geschottert, lose und staubig im Sommer, trügerisch im Winter. Aber eine gute Straße genügt. Ich wußte, mehr brauche ich nicht. Auf ihr könnte ich ein Stück nach Osten, dann auf dem Highway 14 nach Süden, um nach einem weiteren Schlenker nach Osten auf eine der großen Straßen nach New Orleans zu gelangen, und wenn schon New Orleans, warum nicht gleich Paris, Persien oder ein Fleckchen Erde im Halbdunkel des Amazonasbeckens.

Das waren keine Phantasien, die nicht zu erfüllen waren. Nicht einen Augenblick glaubte ich das. Es waren Pläne, verstehen Sie, Pläne, die sich in Kleinstadtgehsteige verwandeln ließen, die wiederum zu Straßen wurden, diese zu Highways, Highways zu alten Dampfern, Flugzeugen, Karawanen auf dem Weg in die nächste Stadt. Der regelmäßige Two Beat eines Schlagzeugers aus New Orleans konnte sich in die komplexen Synkopen faltiger Hände auf straff gespanntem Ziegenleder in einem Trockental im mexikanischen Hochland verwandeln. Der Güterzug der Rock-Island-Linie konnte sich eines Tages in einen langen stampfenden Zug in der sibirischen Tundra verwandeln. Am Anfang stehen die Bilder; ohne sie geht es nicht. Dann kommt die Straße.

So lehne ich in meinem dreiundvierzigsten Lebensjahr um vier Uhr morgens auf dem Balkon eines Hotels und beobachte Bombay bei seinen Vorbereitungen auf den Morgen. Vierunddreißig Stunden zuvor hatte ich die Tür meines Hauses in Cedar Falls zugemacht, gegen die Taschen meiner Jacke geklopft, um mich zu vergewissern, daß ich Tickets und Paß eingesteckt hatte, und dann meinen Koffer genommen. Mit dem Wagen zum Flugplatz, mit der Pendlermaschine nach Chicago, mit dem Jet nach New York, wo man im Dunkeln die Air India 106 belud. London bei Tag und dann wieder in die Nacht – Europa, Istanbul, Persien, der Golf von Oman. Irgendwo da draußen liegt Indien, unbekannt und somit beängstigend.

Während es langsam hell wird, trinke ich ein Kingfisher auf meinem Balkon und sehe zu, wie arabische Dhaus in der ersten Morgenbrise die Segel hissen, wo einst die Portugiesen vor Anker gegangen sind. Ich sehe den Obdachlosen zu, die sich auf Holzkohlenöfen das Frühstück machen, denke an das Summen meines kleinen braunen Radios, an fliegende Gänse und einen Zauberer, der mir versprach, daß meine Welt nicht immer so eng sein würde wie damals.

Ich durchwandere die Straßen Indiens. Schlepper bieten Touren, Drogen, Frauen oder Jungs, falls ich Frauen nicht mag. Im Morgengrauen schwimme ich in einem Pool, lausche einer Flöte, die ich nicht sehe, und verliebe mich flüchtig in goldgeschmückte Inderinnen in grüner Seide. Siebzehn Abende lang esse ich am Tisch neben dem von Sir David Lean und seiner Frau. Er sucht Drehorte für *A Passage to India*. Wir sagen nichts zueinander. Meine Zurückhaltung, so typisch für den amerikanischen Mittelwesten, und mein Respekt für die Privatsphäre hindern mich daran, ihn nach den Träumen seiner Kindheit zu fragen. Aber ich weiß, er hat von Wüsten, Dschungeln und dunklen Winden aus Java geträumt.

Dann kam Arabien. In der Themari-Straße von Riad lebt man noch auf die alte Art. Ich sehe Gold, Frauen mit verschleierten Gesichtern und Männer mit verschleierten Absichten.

Gebetsrufe, Wüstenwind, abends durchstreife ich die Märkte auf der Suche nach Geschenken für die zu Hause. Der Armreif wird's tun, die Kette. Das Tuch. Mitten auf der breiten Straße winke ich einem Taxi. Der Fahrer ist Beduine. Er erinnert sich noch an das Klappern der Hufe und den Geschmack des Sandes im Wind. Weit im Westen, über den Dächern des nördlichen Iowa, ziehen die Kanadagänse nach Süden.

Dann folgten München, Dubai, Hongkong, Paris und so weiter. Auf einem Fischkutter fahre ich zu einem Fischerdorf südlich von Puerto Vallarta. Dort bleibe ich eine Woche ohne Licht und saube-

res Wasser. Ich höre einem afrikanischen Tromm-
ler zu, der mir zeigt, wie man die Trommeln zum
Sprechen bringt, wenn man das Geschick dazu hat.
Ich glaube ihm und sitze in der Nähe, während er
auf einem Hügel, hundertsiebenundsechzig Stufen
über dem Dorf, für die Dunkelheit spielt. Am Morgen dann singt einer aus San Francisco über seine
Träume und fordert andere auf, dasselbe zu tun;
wieder ein anderer murmelt Beschwörungen zum
Rhythmus einer kleineren Trommel.

In den Städten an Belgiens Flüssen lastet hart
und schneidend der Winter auf mir. Auf dem Weg
über den kalten Marmor einer flämischen Kathe-
drale frage ich mich beim Klang meiner Absätze,
ob die Bischöfe in ihren steinernen Krypten sie
ebenfalls hören. War es dort? Da ist etwas, auf das
ich nicht so recht komme, ein altes Gefühl, schon
einmal in diesen Schatten gestanden zu haben.
Die Frau in Silber gesehen zu haben, die mit kleinen, hastigen Schritten einen Nebengang herauf-
kommt, an den Beichtstühlen vorbei auf mich zu.
Das Bild hält sich nur einen Augenblick. Dann
schwankt es und löst sich auf, als das Morgenlicht
durch die hohen bunten Glasfenster kommt und einen leidenden Christus am Kreuz in oranges Licht
zu tauchen beginnt.

St. Maarten ist teuer, hat aber gute Strände.
Außerdem kann man die Unkosten in den Kasinos
wieder hereinspielen, wenn man sich mit Blackjack auskennt und gute Karten bekommt. Ich bin
jedoch argwöhnisch, wenn es darum geht, gegen

den Staat zu spielen. Der Staat sieht Spielgewinne als eine Art Steuer; er hat für ungünstige Regeln gesorgt und schließt das Casino, während ich mitten in einer Glückssträhne bin. Zum Teufel mit ihm. Im Hotel lege ich meinen Gewinn in eine Stahlbox, am Morgen darauf fliege ich ab. Als nächstes werde ich es mit Macao versuchen.

Auf Booten mit endlosen Hecks kreuze ich im toten Wasser von Bangkok, in Acadia hänge ich mit meinen Kameras von nebelverhangenen Steilwänden, und im Süden von Georgia folge ich den Silberreihern durch die Sümpfe. Am Big Sur lese ich bei Feuerschein meine Gedichte. Es gibt dort Berufsdichter mit langen Haaren und breitkrempigen Hüten und junge Frauen, denen die Idee des Dichters wichtiger ist als das, was er sagt. Auf den Hochebenen von New Mexico wird noch immer getrommelt, wenn man nur zu hören versteht; alte Hunde liegen in den Straßen von La Push, während gewaltige Januarwellen gegen Washingtons Küste donnern. Eine alte Frau, vor zwanzig Jahren aus Omaha zugereist, sucht Oregons Küsten nach geheimem Strandgut ab, das, wie sie träumt, nur sie allein finden wird. Ich unterhalte mich darüber eine ganze Stunde mit ihr.

Heute gibt es mehr als eine gute Straße aus Rockford, Iowa, und dennoch nur eine nach Osten. Dieselbe wie damals. Ich besuche dort meine Mutter. Sie erinnert sich noch an das alte braune Radio, das mit den beiden Knöpfen und dem braunen Stoff über dem kleinen Lautsprecher. Sie erinnert sich noch an das Geräusch der Gänse, die spät nachts über unsere Dächer flogen. Nur das mit dem Zauberer und der Straße hat sie nie ganz verstanden, und warum der Mann, den sie aufgezogen hat, die beiden so liebt.

»Indien?« sagt sie. »Das wie vielte Mal ist das denn dann?« »Das dritte«, sage ich. »Es gibt noch so vieles da draußen, und ich bin jetzt fünfzig. Es ist wieder Zeit für Indien.«

Irgendwann kommt für alles das letzte Mal. So langsam wird es auch bei mir soweit. Ich trage meine Kleidung ziemlich lange. Ich frage mich, ob meine Lederjacke, abgetragen, aber dankbar, die letzte ist, die ich mir gekauft habe. Und mit meinen Stiefeln, meinen guten Red Wings, ist es dasselbe. Der Mann im Schuhgeschäft sagt, sie werden mich überleben. Und mein alter Hut? Und meine Gitarren? Sie halten ewig. Vielleicht ist das meine letzte Indienreise. Vielleicht.

Ich gehe in die Flußauen, um mit dem Zauberer aus meiner Jugendzeit zu sprechen. Er hat seine Eigenarten, so wie ich jetzt die meinen habe, die immer ausgeprägter werden. Er blickt in das dahinplätschernde Flüßchen und hört sich meine Fragen an. Ich frage ihn noch einmal nach den Gänsen, nach der Straße, der Musik und was sie zu bedeuten haben. Wie wird es weitergehen? Wie ist das denn mit dem letzten Mal? Er ist ein launischer Gefährte, zuviel Direktheit macht ihn nervös, und so macht er sich auch schon durchs Gras der Wiese davon und singt dabei mit verklingender Stimme:

Im Tausch für einige Fußspuren,
die ich im Sand gefunden,
gab mir der Herr der Hochwüste ein Kind.
Das bracht ich hierher
durch Herbst und durch Winter
an alten Reitern vorbei, die ihre Pferde
   gen Sommer trieben,
an Sklavenhändlern, die lauthals ihre Rechte
   an dem Jungen geltend zu machen
   versuchten, an Tänzern auf den Straßen
   Kastiliens,
an Armen, die sich aus Fenstern und Türen
   streckten,
an weinenden Frauen in Schwarz,
die für ein Seufzen und eine Drachme die
   einzige Tochter feilboten,
vorbei an jenen, die mir zu Besonnenheit rieten
mit der Behauptung, die Tänzer seien längst
   fort und auf sie würden keine mehr folgen,
vorbei an alten Seehunden, die, sich in
   sicheren Häfen sielend,
an Christus und die Zeit davor zurückdenken
   konnten.
Ich trug es hierher in diese lieblichen Auen
und verteidigte seine Seele gegen Banditen.
Ich gab ihm seine Liebe zu ausfahrenden
   Segeln
und den Melodien alter Flöten im ersten
   Morgenhauch,
während ich ihm die mit Kreide gezeichneten
   Karten erklärte,

bevor sie der Regen von der Wand des
Septembers wusch.
Aber schließlich waren es Frauen in Grün
und ihre goldgeschmückten Körper,
die ihn in die Ferne zogen.
Gern habe ich ihn ihnen gegeben,
nur eine Bedingung bat ich mir aus:

Tanzen müßt ihr ihn lehren,
In der Dämmerung Edens,
In den letzten Augenblicken,
bevor sie vergeht.
Denn er ist der Letzte.

Und der Herr über die Hochwüste rief:
»Nie wieder!«
»Nie wieder, nie wieder, nie mehr!«

Den Blick nach oben, beginnt er zu singen, und
sein kleiner Arm zieht dabei weite Bögen. Ich folge
der Richtung, die mir sein Finger beschreibt.
Gänse ziehen über die dolchartige Mondsichel, die
alten Sextanten in ihren nüchternen Augen führen
sie durch Zeit und Raum an texanische Weiher.

Ich steuere meinen Kleinlaster aus Rockford, auf
der einen guten Straße nach Osten. Auf dem Kas-
settendeck spielt Kitaro von Sand im Wind und Ka-
melen auf ihrem beharrlichen Weg in Städte mit
roten Mauern in den Wüsten von Radschastan.
Trommeln aus Ziegenhäuten begleiten die Melodie. Ich lege einen Schalter um und richte mich

nach den Sternen, trete aufs Gas, treibe irgendwo zwischen Illusion und Realität, weigere mich zu unterliegen, denke an Zauberei... und glaube daran.

[Erstveröffentlichung in *One Good Road Is Enough*, 1990]

Herbstzug

Jungs mögen im Spaß mit Steinen nach Fröschen werfen,
aber die Frösche sterben nicht
im Spaß, sondern im Ernst.

BION

Ich bin der zwanzigste Vogel an der linken Flanke der Schar, und mit einem Blick über die Schulter sehe ich Malachi. Er hat eine Ladung Schrot in der ostwärts gerichteten Schwinge, so daß er sie nicht hoch genug bekommt, um zu einem vollen Schlag auszuholen. Mein rechtes Bein ist lahm, als wir an diesem Spätnachmittag Richtung Süden ziehen. Zwei Schrote stecken darin, und ich werde große Schwierigkeiten beim Landen haben.

Wir sind zu lang im Norden geblieben. Wir wissen es alle. Aber der Sommer war lange warm; wir sind fett geworden, haben uns auf angenehmen Gewässern vergnügt und den Abflug immer wieder verschoben. Lobu meinte seit Tagen, es sei höchste Zeit. Aber wir jammerten oder lachten ihn aus und weigerten uns aufzusteigen, als er uns drängte.

Nachts fiel ein kalter Regen, der am Morgen zu

Graupeln wurde. Wir sahen die vier Männer nicht, die sich im hohen Marschgras postierten, als die Sonne noch weit unterhalb der Biegung der Erde stand. Im Morgengrauen, wir saßen noch verschlafen auf dem Wasser, begannen sie auch schon zu schießen.

Lobu stieß den Schrei zum Aufsteigen aus und war bereits beim ersten Anzeichen einer getarnten Bewegung im Gras in der Luft. Ich sah ihn sich aufschwingen, noch bevor er seine Warnung über den kleinen See rief. Und ich erinnere mich noch, die Kraft seines jungen Körpers bestaunt zu haben, als seine Flügel ihn als ersten übers Wasser hinaus in eine langgezogene Kurve trugen, mit der er Höhe und Distanz zu gewinnen versuchte. Ich fragte mich noch, ob ich wohl in meinem zweiten Jahr auch ein so prächtiges Bild abgegeben habe.

Andere übernahmen den Schrei, und ich wußte, es war mehr als Lobus Versuch, uns zum Abflug zu bewegen. Amalo, einer der jüngsten, sah mich einen Augenblick in unentschlossener Panik an. Ich machte ihm sofort Zeichen, bestätigte seine Befürchtungen, und schon machten wir uns an den Start, bemühten uns verzweifelt um Tempo, um einen weiteren Augenblick, um einen weiteren Tag.

Ich versuchte in mir die Kräfte zu wecken, die ich früher mal hatte, versuchte alles zu wecken, was ich jemals gewesen war. Zu meiner Linken sah ich einen der Jäger seinen schwarzen Lauf herumnehmen, mit einer geübten Bewegung folgte er Jonakus Frau durch das erste Licht.

Erst knapp über dem Wasser, explodierte sie in einer Wolke aus Blut und Federn, als sie die volle Ladung erwischte. Jonaku zitterte, als er über ihre Leiche hinwegflog, die kaum einen Meter unter ihm im Wasser trieb. Die Jäger feuerten Ladung auf Ladung aus Vorderschaftrepetierern, ich sah die Schrote sich vor mir ins Wasser graben.

Wir flogen nach Osten, im rechten Winkel zu den Gewehren, direkt in eine merkwürdige Mischung aus gefrierendem Regen und aufgehender Sonne. Rund herum stürzten Vögel zu Boden, die einen schreiend, die anderen still. Die Gewehre krachten noch immer, als ich endlich genug Tempo zum Aufsteigen hatte. Malachi hatte fast mit mir gleichgezogen, er tauchte an meiner Linken auf, da passierten wir auch schon die Mündungen.

Wir drehten nach rechts. Eine aprikosenfarbene Flamme. Eine Feuersäule. Das Peitschen eines Gebirgsdonnerschlags. Im gleichen Augenblick spürte ich den Einschlag im Bein, Malachi erschauerte und begann zu fallen, fing sich aber noch mal und hielt sich hinter einer Mauer aus hohem Gras; die Gewehre konnten ihn dort nicht finden.

Ich habe sechzig Meter geschafft. Fast in Sicherheit. Als ich einen Bogen zog, um Lobu zu folgen, konnte ich einen schwerfälligen Mann durchs Wasser waten sehen, einen Spaniel neben sich. Er schrie vor Freude und fuchtelte dabei mit dem Gewehr durch die Luft; was er sagte, verstand ich freilich nicht.

Einige der Vögel kämpften noch, andere lagen still. Sori paddelte im Kreis, schlug hilflos mit dem Flügel dabei, eine Schrotkugel im Hirn, während der Hund auf sie zugeschwommen kam. Zachary, unser Alter, war verletzt, machte aber noch einen Versuch, uns zu folgen. Als er wild flatternd den Rand des Weihers erreichte, schoß ein Mann im Tarnanzug noch einmal auf ihn; er starb an diesem nördlichen Weiher.

Ich ließ mich von einem kräftigen Westwind hochnehmen und erreichte so meinen Platz. Andere machten es ebenso. Uns rann noch das Wasser aus dem Gefieder und blitzte, während Lobu uns südwärts führte, im Licht von Mutter Sonne.

Es gibt in der Mitte dieses Landes zwei große Flüsse. Wir fliegen sechzig Meilen östlich von dem, der aus dem Hochland von Montana kommt, dreihundert Meilen nördlich der Seen in Missouri. Lobu, der die Spitze bildet, macht uns ordentlich Dampf. Er ist wütend auf uns, weil wir so lange geblieben sind, und wir wissen, er hat jedes Recht dazu. Sieben von uns haben die Jäger erwischt.

Es fällt etwas Schnee. Die Farbe des Himmels paßt zu Lobus Laune. Seit sieben Stunden halten wir unser Tempo. Wir hören dabei auf die Worte. Hören Sie, obwohl keiner sie spricht. Das Geräusch entspringt dem Takt unserer Schwingen. Unsere Schläge sind nicht ganz so ebenmäßig, wie sie sein sollten, und das läßt die Worte entstehen.

Wie ein gewaltiges rhythmisches Seufzen kommen sie und breiten sich durch die Reihen aus, in denen wir fliegen. »Aluuuuum«, geht das Geräusch. »Aluuuuum – Wir sind eins.« Es ist unser Glaube und unser Trost.

Die Worte spülen über mich hinweg, und mit dem Gedanken an Malachi drehe ich mich noch einmal nach ihm um. Zu meinem Entsetzen sehe ich, daß er am linken Auge blutet. Das Blut hatte ich vorher nicht gesehen. Mir fällt ein, daß nur sein Körper mich vor der ganzen Wucht der Ladung bewahrte. Während er geradewegs vor sich hinstarrt und alle Kraft in seinen Flug steckt, funkeln in seinem guten Auge Verzweiflung und Schmerz.

Lobu führt uns in einer Kurve um ein hohes Bauwerk herum mit einem schüsselförmigen Ding auf dem Dach, über Drähte, die damit verbunden sind. Wir kennen den Namen des Dings nicht, obwohl wir schon viele davon gesehen haben.

Unter uns beginnt sich das Flickwerk seichter Gewässer mit einer dünnen Schicht Eis zu überziehen. Der Schnee fällt jetzt dichter, und jeder von uns weiß, wir müssen uns sputen. Ein Blizzard würde so manchen von uns das Leben kosten.

Zehn Meter neben mir, in der westlichen Reihe, fliegt Shanta, und auch sie hat Malachi im Auge. Sie sind ein altes Paar. Sie verspürt eine dauerhafte Wärme für ihn und versucht ihm etwas von ihrer Kraft durch den leeren Himmel zwischen ihnen zu schicken.

Als ich noch jüngere Schwingen hatte, empfand ich den Flug in den Süden als Freude. Es gab so viele Plätze, an denen man am Abend Rast machen konnte. Jetzt jedoch ist das Wasser verschwunden. Aus dieser Höhe sehen wir noch andeutungsweise die Konturen einstiger Moore.

Sie sind längst verschwunden. Zu anderen Dingen geworden: zu Häusern, Feldern und Straßen. Für uns ist da kaum noch Platz.

Ein Großteil des verbliebenen Wassers ist von Gewehren umgeben, es wurde nur fürs Töten erhalten, nicht zu unserem Nutzen. Es heißt, die Jäger kämpfen mit Geld und Zeit um den Schutz der Moore, aber sosehr wir es auch versuchen, es fällt uns schwer, ihnen dafür zu danken. Wir verstehen nicht, warum sie uns töten; wir können davor nur fliehen.

Die Jungen fragen immer wieder: »Wieso?« Wir haben keine Antwort darauf; es scheint schlicht keine zu geben. Es hat einmal Gründe gegeben, sagen die ganz alten, doch diese Gründe verschwanden, lange bevor die Moore starben.

»Aber«, bedrängen die Jungen uns, »wenn es nicht ums Fleisch geht, worum dann? Und wenn sie unser Fleisch wollen, warum haben sie uns die Moore genommen? Das macht keinen Sinn!«

In solchen Augenblicken, wandten wir uns an Zachary. Schon zahllose Male war er in Todesangst aus einem Weiher gestoben und hatte im purpurnen Morgengrauen um eine sichere Höhe gekämpft, während Schrotkugeln das rote Gesicht der Sonne durchzogen. Er hatte an stillen Morgen Blutschlieren und leblose Vögel auf dem Wasser gesehen. Er hatte in seinen langen Jahren das

Verschwinden unserer Lebensräume verfolgt. Schließlich und endlich begann er zu reden, aber erst nachdem die Jungen nicht länger mit Gemeinplätzen und Platitüden zu beruhigen waren.

»Ich kann die Menschen nicht verstehen. Ich kann nur wiederholen, was uns von den Alten überliefert ist. Die Anfänge dessen, was ich euch erzähle, verlieren sich im Dunst vager Erinnerungen und all der Ausschmückungen, die im Lauf der Zeit dazukamen. Ich weiß nur, die Worte stammen von einem der vielen Schatten, die im Feuer des Sommers auf einer langen Sandbank ruhten und eine Sprache sprachen, die keine Grenzen kannte. Als eure Vorfahren die gleichen Fragen über den Menschen stellten wie ihr, ermahnte man sie aufzuhorchen und sich das Gehörte zu merken. Dann sprach der Reisende:

Alte Träume sind es,
ungelöst.
Und hartnäckige Impulse
aus den Tagen von Feuer und Stein
kurz nach dem großen Eis.
Nur ungern sehen sie sich an,
fragen sich:
»Wer sind wir,
und wo ist unser Platz
unter den Dingen?«

Ein Meiden ist es
alter Fragen,

zu schwierig, zu tief.
Fragen,
die nicht mit Gewalt zu lösen sind,
sondern nur mit feinsten Strähnen
von Intelligenz und Gefühl,
die verwoben ein Tuch ergeben,
das sich im sanften Wind der Erkenntnis
bläht
wie ein safranfarbenes Segel
auf einem endlosen Fluß.

Da man die Antworten fürchtet,
drückt man sich vor den Fragen,
denn die Antworten,
sobald sie ernst
und wahrheitsgemäß sind,
würden eine Veränderung nach sich ziehen.
Die jetzt profitieren,
müßten Abstriche machen.

Erkenntnis
führt zu
Anteilnahme
Einfachheit
Ruhe
und
Frieden.
Viel
Profit zu machen
ist damit nicht.

Und, wie ihr selbst
an einem warmen Herbsttag,
wenn es den Anschein hat,
man könne dem Croupier
auf ewig ein Schnippchen schlagen,
schwingen sich auch sie
nicht gern auf.

Mit diesen Worten schwamm er dann für gewöhnlich davon und tat, als beschäftige ihn der wilde Reis am Ufer, den es damals noch gab. Zachary wird uns fehlen.

Die Kunde hat sich verbreitet, und wir haben von Kondoren und Falken gehört. Und den kleinen Ammern in den Sümpfen von Florida. Wir haben die Kanevasenten dahinsiechen sehen und Bäche, die schwarz waren vom Boden fruchtbarer Felder. Man nimmt uns den Lebensraum oder verschmutzt ihn durch Gift.

Hinter mir höre ich einen kläglichen Laut. Ich drehe mich um und sehe Malachi und seinen lädierten Flügel, der mit dem gesunden einfach nicht mehr in Einklang zu bringen ist. Sein verletztes Auge blutet noch immer. Angstschreie von den anderen. Langsam fällt er zurück.

Ich schicke mich an, ihm zu folgen, aber es ist so eindeutig aus mit ihm. Seine schlimme Schwinge schlägt nicht mehr, ich sehe ihn im Zwielicht des Winters auf ein kleines Wäldchen zusinken. Er kracht ins Gezweig und hängt dann verheddert da, reglos, mit baumelndem Kopf.

Wir fliegen weiter nach Süden, schlagen uns unter Lobus Führung durch den Schnee. Alles, was ich höre, sind die Worte. Sie rühren von unseren Flügeln, sie finden mich auf dem Rücken des Windes und sind mir ein Trost.

[Erstveröffentlichung im *Des Moines Register*, 23. Oktober 1988]

Eine Frage der Ehre

Durch die Risse im Boden eines alten Chevy Trucks schaute ich auf den Schotter, der unter meinen Füßen vorbeiströmte und dachte an alles mögliche, woran zwölfjährige Jungs 1951 so dachten. Baseball vielleicht. Oder die nach wie vor ferne Aussicht auf Mädchen. Hinter uns wirbelte in einer losen Spirale der Staub, um sich schließlich, nachdem wir längst wieder weg waren, auf das Gras neben der Straße zu legen.

Mein Vater fuhr, die Augen geradeaus, die Camel zwischen Mittel- und Zeigefinger geklemmt, und dachte ans Geschäft. Ich brauchte mich gar nicht zu ihm wenden, um zu wissen, wie er aussah: blaue Kappe, gestreifte Latzhose – OshKosh B'Gosh –, sauberes graues Arbeitshemd, Nickelbrille.

Am unteren Ende seiner dünnen Beine bedienten hohe braune Schnürstiefel die Pedale des kleinen Lasters, der uns die sommerlichen Straßen entlangtrug. Seine rechte Hand lenkte, und, wann immer uns ein Wagen, ein Laster oder ein Traktor entgegenkam, hob sich der Zeigefinger zu dem bei uns in Iowa üblichen Gruß.

Ich saß neben ihm auf der Mitte der Bank, eine Sitzordnung, die die elterliche Fürsorge diktierte, da die Beifahrertür die unangenehme Angewohnheit hatte aufzuspringen, wenn wir ein besonders tiefes Schlagloch durchfuhren.

Larry, unsere Hilfskraft, der den Gefahren des Platzes an der Tür trotzte, erzählte mir dabei, daß Wrigley's Spearmint mit einer Zigarette besonders gut sei.

Ich habe mich immer gefragt, ob Larry wohl irgendwann mitsamt Kaugummi und Zigarette im Staub verschwand – wirbelnder Sproß aus der Verbindung zwischen einem Frühjahrsschlagloch und einem defekten Schloß. Aber ihn schien das nicht zu kümmern. In jenen Tagen ging man eben noch ein Risiko ein und tanzte oder prügelte sich samstagabends im Castle Club von Charles City.

Wir verließen Rockford in Richtung Norden, weil wir zu einer Farm in der Nähe von Colwell wollten. Der Chevy, größer als ein Kleinlaster, kleiner als ein Getreidelastwagen, hatte Hühnersteigen geladen, aufeinandergestapelt und mit einem Strick festgebunden, die Knoten dieselben, mit denen ich heute noch das Kanu aufs Dach meines Wagens binde. Der Maschendraht, der das Federvieh, das lieber frei gewesen wäre, an der Flucht hindern würde, klapperte zwischen den Steigen und den Seitenbrettern des Trucks.

Sicher verkeilt in der Ecke links hinter dem Fahrerhaus stand die tragbare Waage von Fairbanks & Morse. Obwohl sie nur ein Werkzeug war, mit dem sich Geflügel zu Geld machen ließ, wogen die Ereignisse, die sich an diesem Tag mit ihr verbanden, weit schwerer als die Hühner, für die wir sie mitgebracht hatten.

Gegen acht Uhr morgens fuhren wir in den Hof von Ol' Lady Smiths Farm. Mein Vater nannte so gut wie jede Farmersfrau »Ol' Lady«, Alter und Aussehen hatten damit nicht das geringste zu tun. Es war sein Lieblingsausdruck, und er ersetzte bei ihm »Mrs.«, »Miss« oder was auch immer einem sonst noch so einfallen wollte; es war in keiner Weise despektierlich gemeint. Was ihren Nachnamen anbelangt, so schreibe ich hier »Smith«, weil ich mich nicht mehr dran erinnere – und wüßte ich ihn noch, ich würde ihn hier nicht verwenden.

Larry und ich luden Waage und Käfige ab, während mein Vater mit dem Taschenmesser seinen Bleistift spitzte und dabei liebenswürdig mit der vielleicht vierzigjährigen Ol' Lady Smith über Wetter und Preise plauschte. Wir waren an diesem Mittwoch hier, um 750 Stück Leghorn-Brathühner zu kaufen.

Ich goß Wasser in den Schwamm der Atemschutzmaske, die mein Vater mich tragen ließ. Seine Lunge hatte durch den Staub von zehntausend Hühnerställen mehr Schaden genommen als durch das Rauchen, und er war fest entschlossen, mir eine saubere Lunge mitzugeben für meine künftigen Aufgaben in einer größeren Welt.

In einen Schuppen mit Hunderten von aufgescheucht gackernden Hühnern zu waten ist eine

Quälerei, die ich bestenfalls meinen Feinden wünsche. Trotzdem machte ich es acht Sommer lang durch.

Mein Vater ließ mich damit im Nebenraum unseres Gemüseschuppens anfangen, wo wir die Hühner bis zum Eintreffen der Sattelzüge hielten, die sie von uns aus in die Stadt transportierten. Manchmal hatten wir Tausende von Vögeln da drin, in »Batterien« gesperrt, wie wir es nannten, rollbare Gestelle mit je sechzehn Käfigen und fünf Hühnern pro Käfig.

Eine derartige Zahl von Hühnern macht eine ziemlich unangenehme Menge Dreck. Die Aufgabe, die mir an diesem Geschäft am wenigsten lag, bestand im Auskratzen und Verladen des ekligen Zeugs auf einen Laster. Als ich bei ihm einstieg, nahm mich mein Vater am ersten Tag mit in den Raum hinter dem Schuppen, drückte mir Kratzer und Schaufel in die Hand und sagte mir folgenden kleinen Satz, der im Lauf der Jahre geradezu übermächtig geworden ist: »Hier, mein Sohn, wirst einmal sagen können, daß du ganz unten angefangen hast.« Lächelnd klopfte er mir auf die Schulter und ging zurück ins Büro, während ich die Vorzüge der ewigen Verdammnis gegen das aufwog, was ich vor mir sah.

So fing ich eben damit an. Nachdem ich lange und stillschweigend gelitten hatte, wurde ich an den Laster befördert, wo es nach frischer Morgenluft roch statt nach Dung, außer wenn man in Hühnerställe mußte, in denen der Staub flog und der beißend scharfe Ammoniakgeruch sich auf der Stelle noch im letzten Winkel des Hirns absetzte.

Larry und ich stellten die Maschendrahthürden auf und trieben einen Teil der Hühnerschar hinein. Dann knieten wir nieder und packten das entsetzt flatternde Federvieh an den Beinen, vier in jeder Hand, und trugen sie vor die Tür, wo sie mein Vater fleißig in die Steigen steckte. Waren zirka ein Dutzend voll, gingen wir hinaus, um ihm beim Wiegen zu helfen, während uns die Lady Smith genau auf die Finger sah.

Jeder Käfig war leer gewogen und die Tara sorgfältig notiert. Mit den Hühnern wurde brutto gewogen und dann das Nettogewicht errechnet.

Mein Vater eichte die Waage einmal die Woche. Und er ging sogar noch weiter. Ich hatte das Aufrunden in den Mathematikstunden gelernt, aber er hatte da sein eigenes System: er rundete grundsätzlich, selbst bei einer Unze schon, aufs nächste Pfund auf, mit anderen Worten für die Farmer ergab sich aus diesen überzähligen Pfunden ein hübscher Profit.

Ich fragte ihn mal, warum er das machte, schließlich waren die Anweisungen in meinen Rechenbüchern ganz anders. Seine Antwort war wie immer direkt: »Keiner wird mir je vorwerfen können, ihn übers Ohr gehauen zu haben, wenn ich schon bei ein paar Gramm aufs nächste Pfund aufrunde.«

Da sich mein Vater auf sein ehrliches Geschäftsgebaren einiges einbildete und es mit aller Gewalt verteidigte, drang ich nicht weiter auf ihn ein, obwohl ich wußte, daß diese Art aufzurunden nicht nur arithmetisch inkorrekt, sondern auch kostspielig war. Aber dafür war das Vertrauen in seine Methode so groß, daß viele Farmer anderen Tätigkeiten nachgingen, während wir ihre Hühner holten; keiner zweifelte je an der Zahl, die mein Vater ihm nannte.

Von Kopf bis Fuß eingestaubt, schwitzten wir in der Junisonne und hatten schon um die fünfhundert Hühner verladen, als etwas passierte, was mich noch heute verfolgt. Aus irgendeinem Grund beschuldigte Ol' Lady Smith meinen Vater, sie beim Wiegen zu betrügen.

Er stand über die Waage gebeugt, richtete sich bei ihren Worten jedoch langsam auf, die Träger der Latzhose über den knochigen Schultern. Sein Gesicht überzog eine Zornesröte, wie ich sie nur von gewissen Anlässen kannte, zum Beispiel von jenem Abend, an dem ich – in den Klauen einer schlimmen Drüsenfehlfunktion – meinen Baseballarm dazu mißbrauchte, einen Apfel durch die Fliegentür eines Stadtrats zu werfen.

Mein Vater sagte nichts. Er sah die Smith lediglich an, blickte in den Himmel, dann auf Larry und mich.

»Ihr beiden nehmt jetzt jedes der verdammten Hühner da aus den Steigen, einzeln, und bringt sie mir vorsichtig zurück in den Stall.« Klatschend schlug er sein Gewichtsbuch zu, steckte es in die

Latztasche seiner Hose, schob den Stift hinterher und steckte sich eine Camel an.

Ich war nicht weniger wütend als mein Vater, zu oft hatte ich ihn gegen den Strom der Unehrlichkeit anschwimmen sehen, sowohl im Leben als auch im Geschäft. Larry schien es einerlei. Bis Samstagabend waren noch vier Tage, und ob wir nun Hühner ab- oder aufluden, war ihm herzlich egal.

Also brachten wir die Hühner, eines nach dem anderen und vorsichtig, zurück in Ol' Lady Smiths Stall. Etwa beim dreihundertsten kam sie zu dem Schluß, daß sie sich wohl geirrt hatte und sagte das auch. Mein Vater würdigte sie keines Blicks. »Ladet nur weiter ab, Jungs«, wies er uns an.

Die Smith begann sich aufs heftigste zu entschuldigen. Sie flehte meinen Vater an, ihre Hühner zu nehmen. Er zog schweigend an seiner Zigarette und machte sich daran, die leeren Steigen auf den Laster zu schnallen. Wir brachten die Waage von Fairbanks & Morse wieder an ihren Platz, hakten die Ladeklappen ein und setzten uns in den Laster.

Auf der ganzen Fahrt zurück nach Rockford sagte mein Vater nicht ein einziges Wort. Er war noch immer rot im Gesicht, seine Kiefer bewegten sich vor Zorn über die unverdiente Demütigung.

Dann begannen die Anrufe. Abend für Abend rief Ol' Lady Smith bei uns zu Hause an und bekniete meinen Vater, ihre Hühner doch bitte zu holen. Sie wußte, wir bezahlten mehr als sonst einer. Sie müssen wissen, daß wir einen Vertrag mit einer großen Firma in Milwaukee hatten, die darauf spezialisiert war, diverse ethnische Gruppen der Stadt mit speziellen für deren Feiertage vorgeschriebenen Nahrungsmitteln zu versorgen.

Dienstags riefen die Leute aus Milwaukee an und gaben ihre Bestellung durch: zweitausend Brathühnchen um die anderthalb Kilo, sechshundert Kapaune, hundert Enten und so weiter. Aufgrund dieser Maßarbeit konnte mein Vater über dem Marktpreis bezahlen. Er telefonierte in der ganzen Gegend herum, machte die nötigen Tiere ausfindig und den Handel auch gleich perfekt. So bedauerte die Frau mit den Brathühnchen ihren Anfall im Staub eines Farmhofs in Iowa rasch, wenn auch, wie ich glaube, mehr aus Angst vor dem finanziellen Verlust als aus wahrer Reue.

Das ging eine Woche so weiter. Ihre Hühner wurden langsam zu schwer für unsere Zwecke, und das wußte sie auch. Genauso wie mein Vater. Abend für Abend sprach er höflich mit ihr und sagte, er hätte kein Interesse an einem Geschäft mit ihr. Dann, eines Abends, ohne daß er mit irgend jemandem darüber gesprochen hätte, sagte er ihr, wir würden ihre Hühner am nächsten Morgen holen.

Also luden wir Ol' Lady Smiths Hühner ein zweites Mal auf. Unterwürfig plapperte sie auf ihn ein. Mein Vater war höflich, aber abweisend kühl. Er wog die Hühner, stellte ihr einen der langen Schecks mit »Waller Produce Company« aus und schickte Ol' Lady Smiths Brathühnchen, mitsamt Federn und seiner Rechtschaffenheit, den ethnischen Gruppen in Milwaukee.

Er kaufte Ol' Lady Smiths Geflügel noch Jahre danach, ohne je seinen Zorn über ihre Beschuldigung zur Sprache zu bringen, aber ich weiß, er brannte in ihm wie ein Löffel heißes Hühnerfett. Seine größte Rache war ein fairer Profit. Er war sowohl praktisch veranlagt als auch ein Mann mit Prinzipien. Er konnte beides trennen, wenn seine Ehre auf dem Spiel stand, und dann, wenn die Zeit reif war, die Lücke auch wieder schließen.

Ethik und Ehre sind ein heikles Gebiet, schnell kommt es hier zu Verwirrung und Abstrusitäten. Man bekommt seine Lektionen darin nicht aus Büchern, sondern am Beispiel. Man lernt sie in der Sonne vor Ol' Lady Smiths Hühnerstall durch einen Blick auf das mit einemmal harte Gesicht seines Vaters, dessen Augen zu flüssigem Wasserstoff werden, wenn er sagt: »Ihr beiden nehmt jetzt jedes der verdammten Hühner da aus den Steigen, einzeln, und bringt sie mir vorsichtig zurück in den Stall.«

Ehre liegt nicht auf der Straße. Und Stolz, der aus Ehre kommt, ist nicht verkehrt. Langsam und indirekt beginnt man das zu verstehen. Man lernt es auf der Fahrt neben einem dünnen, knochigen Mann in gestreifter Latzhose, während man durch den rissigen Boden eines alternden Lasters die

Straßen Iowas in die Vergangenheit wischen und den Staub in losen Spiralen hochwirbeln sieht, bevor er sich, wenn man längst ganz woanders ist, ein für allemal auf das Sommergras legt.

[Erstveröffentlichung i*m Des Moines Register*, 20. August 1989]

Dank

Meinen herzlichen Dank an Jim Flansburg, Jim Gannon und Bill Silag für ihre Hilfe, Freundschaft und Unterstützung, als andere schwankten. Mein Dank auch den Iowanern, die bereits früh gelesen haben, was ich so schrieb, und mich ermutigten weiterzuschreiben. Und zu guter Letzt mein Dank an die Flüsse (die wissen, wer sie sind) dafür, die Quelle von allem zu sein.